DETECTIVE PRIVADO VASQUEZ

UNA HISTORIA DE ASESINATOS DE UNA VERDAD OCULTA

EDWARD BARDES

Detective Privado Vásquez
Una Historia de Asesinatos y de una Verdad Oculta

Edición Rústica ISBN: 978-1-63812-616-4
Edición Tapa Dura ISBN: 978-1-63812-618-8
Edición Electrónica ISBN: 978-1-63812-617-1

Publicado por Pen Culture Solutions 02/02/2023

Pen Culture Solutions 1-888-727-7204 (USA)
1-800-950-458 (Australia) support@penculturesolutions.com

La maldad es como la muerte; la verdad está más allá de lo que el ojo mortal puede ver, y sólo quienes han sido consumidos por ella pueden saber qué terribles secretos se esconden bajo su disfraz.

Dedicado mi profesora, Lyndsay Collins

—E. B.

CONTENTS

DETECTIVE PRIVADO VÁSQUEZ

CAPÍTULO I

CÓMO EMPEZÓ TODO

Es cierto que todos tuvimos un día que deseamos no volver a vivir, pero yo no. Cualquiera juraría por su vida que nunca le pasaría dos veces, pero yo dejaría que me pasara de nuevo en caso de que volviera a ocurrir. Vivo para la aventura.

Quiero vivir una vida llena de emoción, peligro e incertidumbre. Busco una vida que pueda vivir al máximo, y por eso decidí seguir los pasos de mi padre y convertirme en detective de policía. Te sorprendería la vida que puedes vivir, sobre todo teniendo en cuenta lo que yo he hecho.

Mi padre, Daniel Jack Vásquez, trabajó como detective de la policía durante veintitrés años. Es conocido por haber resuelto algunos de los casos más difíciles de la ciudad y por haber encontrado pruebas que otros han pasado por alto. De hecho, gracias a su trabajo como detective conoció a mi madre, Martha Ida Laverne Faulkner.

La verdad es que es una larga historia. Capturó a un hombre que mató a su hermano por acostarse con su mujer. En el juicio, él y mi madre declararon por separado como testigos. Después del juicio, los dos comenzaron a salir juntos. Con el tiempo, se casaron, compraron un apartamento y tuvieron dos hijos, mi hermano Terrence y yo.

Mi madre trabaja como profesora de química en la universidad de la zona. También trabaja en los laboratorios forenses, realizando pruebas de ADN, huellas dactilares y otras cosas más sorprendentes. Una de sus antiguas alumnas es una amiga mía, Shannon Thomson.

Shannon trabaja como química forense e incluso a veces fue un poco floja. Mamá está siendo un modelo a seguir para ella, y Terrence la ha ayudado en los momentos difíciles. Aun así, tiende a ser muy emocional.

Zelda, la hermana de Shannon, también es detective de la policía. Ella y yo somos compañeros dentro del cuerpo de policía, y ella ha demostrado ser de vital ayuda para mí; es una detective brillante como mi padre, y está a mi lado en los momentos más difíciles.

El novio de Shannon, Richard Ralston, es un apasionado jugador de béisbol y sueña con llegar a las grandes ligas. Es un lanzador especialmente hábil. Tiene un hermano menor, Patrick, que trabaja en una compañía de seguros y que ha estado a punto de morir. Hay un juicio por asesinato que se realizará próximamente (desde el momento en que empiece a contar la historia), y Patrick sería un testigo.

Y luego está Alex Andrews. Es amigo mío desde hace tiempo. De día, es el dueño de una tienda de juegos y bromas. Es conocido por contar chistes, los cuales yo también he aprendido. Por la noche, es un cazador de recompensas con el alias de Brandon Chide. Es muy útil para poner trampas para atrapar a los sospechosos. Créeme, son útiles.

En mi día a día, mis actividades giran en torno al trabajo policial con mi padre. En mi opinión, es un gran policía. Todos los días, Zelda y yo patrullamos las calles en una patrulla, y durante las tardes, mi padre y yo trabajamos en casos de crack.

Mis sueños de ser policía surgieron cuando sólo tenía diez años. Mis amigos y yo jugábamos juntos a la salida de nuestro colegio. Alex, Richard, Shannon y Zelda jugaban a tirar de la cuerda. Se pusieron en lados opuestos de la calle y fingieron jugar a tirar de la cuerda con una cuerda invisible. Patrick y yo estábamos jugando al baloncesto y Terrence estaba en el columpio.

Alex, Richard, Shannon y Zelda se divertían viendo cómo los conductores frustrados reducían la velocidad y les gritaban que se fueran a jugar a otro sitio. Entonces oímos las sirenas de la policía dirigiéndose hacia nosotros. Ambos se miraron con pánico, pensando que alguien había llamado a la policía y les había contado lo que habían hecho.

Todos corrimos directamente hacia la escuela. Shannon y Zelda estaban al otro lado de la calle de la escuela y, mientras cruzaban la calle,

Shannon se tropezó con la acera. Ella se levantó y corrió directamente hacia el edificio sin dudarlo.

En ese momento, un Hummer azul se dirigió hacia nosotros por la calle, seguido de unos seis o siete vehículos policiales. La camioneta se desvió, sin que Shannon se diera cuenta, y se estrelló contra un árbol. Todos vimos cómo diez oficiales salían de los vehículos, agarraban al conductor del accidente, lo esposaban, lo metían en un auto patrulla y se iban.

Fui a ver cómo estaba Shannon, que aún estaba asustada por haber estado a punto de morir. Estaba tirada en medio de la carretera, temblando como un sillón de masaje. Richard y yo la ayudamos a levantarse, pero era incapaz de ponerse de pie. Entonces, ambos la sostuvimos y la acompañamos hasta la entrada de la escuela y la recostamos en una banca.

Fue entonces cuando Terrence se acercó para ver qué había pasado. "¿Qué pasó aquí?"

"A mi hermana casi la atropella un auto", respondió Zelda. "Terrence, ve a buscar a mamá y a papá", dije.

Él y Patrick subieron a sus bicicletas y se dirigieron al condominio, que estaba justo al otro lado de la autopista desde la escuela.

Richard y Alex fueron a buscar agua para Shannon mientras Zelda y yo nos ocupábamos de ella.

Una hora después de que Patrick y Terrence se fueran, llegaron mamá y papá, así como los padres de Shannon y Zelda.

La señora Thomson se arrodilló junto al banco donde estaba su hija. "¿Estás bien, Shannon?"

Sus gemidos se convirtieron en lágrimas en su rostro.

Richard y Alex volvieron con el agua. Shannon bebió un sorbo, respirando con dificultad entre cada trago.

Alrededor de una hora tardó en calmarse lo suficiente como para que la acompañaran a mi casa y a la de Terrence para pasar la noche y recuperarse.

Mamá nos hizo pasar a todos al apartamento. "Muy bien, niños, siéntanse como en casa. Sienten a Shannon en el sofá y prepararemos la cena". Papá y yo ayudamos a Shannon a entrar en el apartamento mientras Richard y Terrence ayudaban a mamá a preparar la cena. Alex y Zelda fueron al salón a ver la televisión, donde un reportaje de noticias transmitía la escena que habíamos presenciado esa tarde.

"Entonces, ¿qué vamos a cenar?" le pregunté a Terrence.

"Caballa y arroz", contestó con disgusto mientras se dirigía a la nevera para prepararse un sándwich.

Shannon estaba durmiendo en la sala de estar cuando trajeron la comida a la mesa. Su aroma fue suficiente para traer a toda la ciudad a nuestro apartamento. Se levantó y se acercó a la mesa con el resto de nosotros.

Mientras cenábamos, empecé a preguntarme cómo sería estar en la policía. Se lo comenté a papá al día siguiente. Él prometió enseñarme todo lo que pudiera, y mamá decidió ayudar también en lo que pudiera.

Y así es como empezó todo.

A pesar de ser una persona que busca emociones, trabajar en una oficina es algo que nunca me ha gustado. Tener que levantarme de la cama por la mañana temprano, sentarme en una oficina durante ocho horas a la semana, trabajar frente a una computadora y hacer papeleo para ganarse la vida; el colmo de la mediocridad al que uno puede aspirar. No es como uno debería pasar sus años de vida.

Por extraño que parezca, ahí es donde comienza mi historia; para ser más exactos, en un bufete de abogados.

Un hombre llamado William York había sido acusado de asesinar a su padre, Scott, y de intentar matar a Patrick, quien apenas había escapado con vida. El juicio comenzaría en unos meses y quería hablar con el abogado defensor.

Estaba en la cafetería desayunando con mis amigos y mis padres. Todos estábamos de buen humor y con ganas de que llegara el día.

"Así que, ¿durmió bien anoche, profesor Vásquez?" preguntó Shannon a su antiguo profesor de química.

"Sí, lo hice. Gracias", respondió mamá a su antigua alumna. "¿Qué hay de nuevo en ti, Richard?"

"Me regalaron un guante nuevo la semana pasada". Se levantó para mostrárselo a los comensales.

"Muy bonito", dijo Zelda con admiración.

Alex estaba contando un chiste a papá. No escuché lo que era, pero hizo reír a papá tanto que pensé que se ahogaría.

Después del desayuno, todos nos fuimos por caminos distintos. Mamá y Shannon fueron a la parada del autobús; Alex y Richard se dirigieron al metro; y Zelda, papá y yo condujimos nuestros autos, Zelda y yo juntos y papá por su cuenta.

Mientras nos alejábamos, Zelda y yo empezamos a hablar.

"¿Qué has planeado para hoy, Johnson?"

"Tengo una reunión con un abogado. ¿Y tú?"

"Aún tengo problemas con estos inconvenientes con los que he estado trabajando durante el último mes".

"Hm. Bueno, ya sabes que Patrick va a participar en el juicio que está por llegar".

"Sí. Sólo espero que no pase nada malo".

"Bueno, iba a reunirme hoy con el abogado defensor para esperar que se aclaren estos misteriosos sucesos".

Los rumores se han propagado sobre casos judiciales en el estado que han terminado con los acusados absueltos de todos los cargos presentados contra ellos a pesar de que eran culpables de verdad. Algunos creían que los juicios estaban siendo manipulados por una fuerte corrupción o por la intervención de saboteadores. Nadie ha confirmado aún la causa exacta, pero los juicios falsos han conmocionado al sistema de justicia hasta sus cimientos. Los índices de criminalidad han alcanzado un máximo histórico, y la gente ha organizado concentraciones para protestar por diversos aspectos del sistema judicial.

"Quizá mi padre pueda ayudar", le dije.

"Ya le pregunté; él también parece tener muchas dificultades con esto".

"Qué raro..." pensé.

Acompañé a Zelda por las congestionadas calles del centro de la ciudad hasta el bufete donde me reuniría con el abogado. Aunque Patrick era un testigo de cargo para el juicio, decidí reunirme con el abogado defensor, Harold Satchel, ya que el fiscal, Gary McCrery, no estaba disponible para hablar.

Al acercarnos al bufete, miré por el espejo retrovisor para peinarme.

Zelda se detuvo en la acera y yo me bajé del vehículo y me acomodé la corbata antes de atravesar las puertas de cristal de la entrada del bufete.

CAPÍTULO II

LANDENBERG

Subí por las escaleras de ladrillo de la entrada del edificio y empujé la barandilla de latón de la puerta. El interior parecía el del vestíbulo de un hotel de lujo. Los muros y el techo eran blancos con unos arcos de acero que sostenían el techo. El suelo estaba cubierto de baldosas negras con adornos dorados, y los grandes ventanales llenaban de luz el amplio espacio.

Me acerqué a la recepción para preguntar dónde podía encontrar al abogado. Me indicaron la quinta planta del ala oeste del edificio, con el número de oficina 529.

El ascensor estaba justo enfrente del mostrador, pero tomé las escaleras.

Encontré la oficina fácilmente.

Harold Satchel me esperaba en su oficina. Tenía un rostro agradable y unos ojos azules que brillaban a dos metros de altura. Acomodó su cabello amarillo oscuro, se arregló la corbata y me hizo un gesto para que entrara. Le estreché la mano y entré en su despacho.

"Hola, Johnson. Me alegro de que hayas podido venir hoy", me saludó Harold en tono sereno.

Acerqué una silla y me senté frente a su escritorio. "¿Qué tal estás a día de hoy?"

"Bastante bien, gracias". Se sentó en su lado del escritorio frente a mí.

Ahora, no me imagino haciendo el trabajo de un abogado, pero ellos merecen algún reconocimiento. Son capaces de hacer que ocurran cosas interesantes en la sala si se esfuerzan lo suficiente, especialmente Harold Paul Wesley Satchel. Es uno de los abogados más famosos del estado. Bien, no me malinterpreten, puedo pensar en cosas ingeniosas para decir, pero el único problema es que nunca salen de mi boca cuando estoy frente a varias personas. Terrence era el orador hábil de la familia, no yo.

En el momento en que me sentaba en el escritorio y me preparaba para empezar la reunión, otro abogado entró en el despacho.

"Harold, ¿puedo hablar contigo un momento?" "Ahora mismo estoy ocupado; luego hablaremos".

"Es importante".

"¿Qué tan importante es?"

"Necesito hablar de eso ahora mismo".

"Bien, ya voy". Se levantó y siguió al hombre fuera de su oficina.

Transcurrieron veinte minutos. Esperé en la oficina con impaciencia y aburrimiento mientras los dos hombres hablaban fuera. Mientras esperaba, saqué mi bloc de notas y revisé una lista que hice con todas las posibles causas de los casos fallidos.

Había numerosas teorías que se difundían en la prensa, desde jueces corruptos hasta fiscales negligentes.

A la que había vuelto una y otra vez era a la regla de exclusión. Harold volvió y comenzamos nuestra discusión.

"Entonces, ¿qué quería decirte?"

"Dijo que mañana me reuniría con otro abogado". "¿Quién es?"

"Se llama Zachary Venshlin. Fue contratado aquí ayer mismo, y me han elegido para ayudarlo en su primera semana en el bufete".

"Ya veo. ¿Era él quien acababa de entrar aquí?" "No, era mi socio".

"Ah, de acuerdo. Entonces, ¿dónde estábamos?"

"Nos estábamos preparando para discutir los malos juicios".

"Bien. Entonces, no tenemos muchas pistas sobre quién está haciendo todo esto, si es una operación deliberada. Esperaba que pudiéramos revisar los juicios anteriores para ver qué tienen en común, si es que tienen algo."

"Entonces, ¿hay alguna razón en particular por la que decidiste hablar conmigo sobre esto?" "El hermano de mi amigo estará involucrado en el próximo juicio, y ya que usted sería el abogado defensor y tiene un extraordinario conocimiento de la ley, pensé en preguntarle sobre cómo alguien podría ser capaz de llevar a cabo una operación de este tipo".

"Ya veo. ¿Tiene alguna información sobre los juicios? Si no, podría ayudarte".

"Esa es otra razón por la que quería que habláramos. Parece que en algunos de los juicios fallidos usted tuvo un papel importante".

"Sí, me he dado cuenta de eso".

Satchel se acercó al archivador que había bajo el escritorio y abrió el cajón inferior. Recorrió con sus dedos la gran pila de carpetas y sacó una de ellas y la colocó sobre su escritorio.

"Entonces, ¿sabes quién fue el primero que sospechó de una... operación de sabotaje con estas pruebas?".

"Ese fue uno de los varios rumores que han circulado por la ciudad".

"¿Hay pruebas que respalden tal afirmación?"

"Pues la mayoría de los juicios podrían haber llegado a un veredicto equivocado por la regla de exclusión".

"¿Por qué dices eso?"

"Piénselo. Si se encuentra algo que indica la culpabilidad, y luego se descubre que fue obtenido ilegalmente, los tribunales simplemente dicen "no, no se puede usar" y lo descartan. Lo que hace eso es destruir pruebas, y eso al final permitiría que un verdadero culpable fuera absuelto."

"Ya veo. También cabe la posibilidad de que haya una opinión discrepante que consiga suficientes defensores."

"Tengo dudas de que trece casos en un lapso de cuatro años sean todos víctimas de eso; después de todo, es muy raro que dos juicios sean idénticos". "Hay muy pocas posibilidades de que una persona realmente culpable sea absuelta de todos los cargos".

"No estoy seguro de que haya una causa más probable que la de negarse a ver pruebas evidentes debido a las limitaciones de la orden judicial".

"Entonces, ¿sabe si hay una mente maestra detrás de todos estos sucesos?"

"Parece muy probable que así sea. Tal vez si miramos todos los casos que salieron mal, podríamos tener una respuesta a esa pregunta."

"Muy bien, entonces". Satchel buscó en su archivador y sacó el cajón que estaba más abajo.

Encontró una carpeta llena de varios papeles, que dejó y abrió sobre su escritorio.

Me acomodé en mi asiento. "¿Has tomado ya notas de cada uno?".

"Sí, lo hice".

Me sentí aliviado. "Al menos no tendremos que estar aquí mucho tiempo leyendo estos documentos".

"Bien". Sacó un paquete grapado de la parte superior. "Entonces, ¿qué has averiguado sobre los casos?"

"Bueno, en unos cuantos estuve involucrado personalmente, así que ya tengo algunas respuestas".

"Hm." No estaba seguro de si eso era algo bueno o sospechoso. "Entonces, cuéntame sobre los casos en los que estuviste involucrado".

"Los casos en los que estuve fueron sobre delitos relacionados con drogas y robos. Yo sabía que las personas a las que defendía eran culpables, así que sólo trataba de reducir la pena de esos clientes. Pero, sorprendentemente, en todos esos casos faltaban pruebas que los incriminaban. Entonces mis clientes me pidieron que consiguiera un veredicto de "inocencia " para ellos. Para mi mayor sorpresa, lo logré".

"Interesante. ¿Y en qué consistieron los otros juicios?"

"Los otros juicios variaban. Al principio, eran sobre casos civiles, como infracciones de aparcamiento y actos de vandalismo. Pero pronto empezaron a tratar de agresiones y otros delitos graves; el caso más reciente era sobre un complot de secuestro. En todos los casos, faltaban pruebas clave o personas clave de la fiscalía tenían que llamar para decir que estaban enfermas, y sus sustitutos ni siquiera estaban tan capacitados como los que sustituían."

"Hmm... Creo que realmente hay un saboteador suelto si todo eso pudo ocurrir".

"Eso parece. Todos ellos tendrían que tener una persona en común para que la acusación fuera creíble."

"Tal vez no. Tal vez los resultados sean decididos por una intervención externa".

"¿Cómo crees eso?"

"Tal vez estén engañando al juez para que favorezca a la defensa en lugar de ser imparcial".

"No sirve de nada especular. Necesitamos pruebas para afirmar lo que está pasando y por qué".

"Sí. Y lo más importante, necesitamos poder identificar a un posible sospechoso de esto".

"Por lo que he visto, estos casos no tienen casi nada en común, así que si alguien está pensando en hacer algo, su participación en cada uno de ellos hasta ahora parece ser indeterminada".

Fue entonces cuando sonó el teléfono.

"Hola, gracias por llamar al Bufete Criminal Landenberg. Le habla Harold Satchel, ¿en qué puedo servirle? ... Ah, hola, William. ... Bueno, estoy en medio de una reunión en este momento. ... Estoy siendo entrevistado por un policía en este momento. ... Cálmate, cálmate. ... Está bien, voy para allá rápidamente".

"¿Quién era?"

"Era mi cliente, William York". "Y, ¿qué quería?"

"Está siendo interrogado por la policía, y me pidió que fuera para allá".

"Yo también he querido hablar con él; ¿crees que podría hablar con él después del interrogatorio?"

"¿De qué querías hablar?"

"Quería informarme sobre cómo se llevaría a cabo un proceso judicial; he oído que estuvo involucrado en varias fechorías antes de esto".

"Le preguntaré cuando termine el interrogatorio".

"De acuerdo". Volvió a colocar la carpeta de su escritorio en su lugar correspondiente en el armario y abrió el cajón que estaba justo encima.

Reunió todos los expedientes que necesitaba y los colocó en una pila ordenada. Puso los expedientes en su maletín y nos preparamos para ir a la comisaría.

CAPÍTULO III

LA HISTORIA DE JOHNSON

Aunque soy un gran policía, también tengo una debilidad: creo mucho en la Ley de Murphy. Creo siempre que al perseguir los sueños todo va a acabar mal y no permito ninguna clase de remedio para intentar un camino alternativo.

Soy así desde que estuve a punto de morir en un accidente de avión.

Cuando tenía 20 años, mi familia y yo fuimos de viaje a Black Mesa, en Oklahoma, durante las vacaciones de primavera. Mi tío y mis primos vivían en Denver y nos acompañaban en nuestro viaje.

La fecha era el 29 de marzo y nuestras vacaciones estaban a punto de terminar. Nos habíamos divertido y estábamos listos para volver a casa. Después de dejar a nuestros primos en su casa, hicimos las maletas y nos dirigimos al aeropuerto.

Rara vez utilizo los aviones como medio de transporte debido a mi altura. Dentro de un MD-80, tengo que bajar la cabeza para no golpear el techo. En un 767, hay suficiente espacio para que pueda mirar al frente mientras camino.

Nuestro vuelo programado era el 934 de Las Aerolíneas Firebirds desde Denver, Colorado, a Cincinnati, Ohio. Debíamos salir a las 18:30, hora de la montaña, pero antes de llegar al avión, se produjo una fuerte tormenta eléctrica y tuvimos que esperar en el aeropuerto durante una hora.

En cuanto se fue la tormenta, por fin pudimos embarcar en nuestro vuelo para volver a casa. Creo que todo el mundo estaba aburrido esperando a subir.

Mamá y yo estábamos sentados junto al pasillo izquierdo del avión, y papá y Terrence junto al derecho. Todos estábamos sentados en la quinta fila.

Pero cinco minutos después de que nos autorizaran a embarcar, hubo otro contratiempo.

El primer oficial se retrasó en llegar a su puesto, así que nos retrasamos otros 15 minutos. Terrence sugirió que reserváramos vuelos que "salieran" antes de lo necesario. Mamá y papá se rieron mucho de eso.

Finalmente, a las 19:50, noventa y cinco minutos después de nuestra hora de salida original, el avión comenzó a desplazarse a su posición de despegue.

El sistema de altavoces se encendió. "Señoras y señores, les habla su capitán. Mi nombre es Natasha Reynolds, y esta noche me acompaña el primer oficial Jeremy Bentsen. Nos disculpamos por los retrasos en el inicio de este vuelo, y nos esforzaremos por hacer todo lo posible para que sea agradable. Deberíamos despegar en los próximos veinte minutos; si alguien tiene alguna pregunta, no dude en hacerla. Gracias y que disfruten del vuelo".

Dieciocho minutos después de salir de la puerta de embarque, el avión había despegado y se dirigía al estado de Bluegrass.

La primera mitad del vuelo fue bastante tranquila. La noche era preciosa y el tiempo estaba tranquilo, aparte de un ligero traqueteo que apenas notaron los pasajeros.

Pero entonces, a las 22:38, hora del centro, mientras sobrevolábamos Kansas City, algo salió mal.

Se escuchó un fuerte estruendo en el avión. Se produjo una breve sacudida y el avión empezó a tambalearse. Miré por la ventanilla para ver qué pasaba.

No pude ver nada fuera de lo normal, como daños en las alas o un motor averiado o algo parecido. Pero me pareció que estábamos empezando a descender a tierra.

Las vibraciones continuaron durante diecisiete minutos, y el avión se balanceaba de lado a lado como un péndulo.

Por el intercomunicador, oímos al capitán Reynolds gritar "¡Prepárense para el impacto!"

La tripulación de cabina gritó "¡Preparados!" mientras todos se agachaban en sus asientos.

Entonces, un fuerte golpe sonó en toda la cabina, como si alguien hubiera hecho explotar un globo. El avión había dejado de temblar, y me di cuenta de que el avión estaba bajando por una pista.

Por la ventana de nuestro lado de la fila, pude ver varias luces proyectarse hacia la izquierda. El avión seguía moviéndose, pero estaba disminuyendo la velocidad. Algunas personas pensaron que estábamos a salvo y empezaron a sentarse de nuevo, y yo pensé en hacer lo mismo.

"Quédate agachado hasta que nos detengamos". Mamá permaneció encorvada.

Fue entonces cuando nos salimos del extremo de la pista.

Después de tres segundos, a las 22:55:28, el avión chocó con el río Missouri y se deslizó por la ribera del río.

El avión chocó contra varios árboles y el techo se abrió.

Tardé unos treinta segundos en volver a orientarme. Los cuatro seguíamos vivos y pudimos desabrocharnos y salir de nuestros asientos. Mientras nos reagrupábamos, las azafatas supervivientes abrieron las puertas para evacuar el avión. La única luz que había en el avión era la de las linternas de este personal, la luna llena y el resplandor de los cables que se conectaban a las brechas del fuselaje.

Las puertas se abrieron y muchos empezaron a salir. Algunas personas estaban atrapadas en sus asientos; otras estaban demasiado heridas para levantarse de sus asientos, pero seguían pidiendo ayuda. Y luego había algunos que estaban completamente quietos. Muchos de los pasajeros que escapaban se detuvieron para ayudar a escapar a los pasajeros atrapados y heridos.

Nos dirigimos todos a la parte delantera del avión para escapar. Mientras mamá salía, alcancé a ver a través de la puerta de la cabina que se había caído de las bisagras. A través de la puerta, pude ver a los pilotos todavía atados a sus asientos.

"Forte 934 Heavy, aquí Kansas City, ¿me oyen?"

La voz del controlador aéreo en la radio me llevó a la cabina. Ni el capitán Reynolds ni el primer oficial Bentsen se movían, pero podía ver que sus pechos subían y bajaban. Podía oír a la gente pidiendo ayuda, pero me di cuenta de que los servicios de emergencia aún no habían llegado. No sabía si los habían llamado en ese momento, así que tomé la radio del primer oficial para intentar llamar al controlador aéreo. "Kansas City, ¿me oyen?"

"¿Es el Forte 934 Heavy?" "Forte 934 Heavy, afirmativo".

"Forte 934 Heavy, informen de la situación a bordo".

"El avión acaba de aterrizar en el río fuera del aeropuerto. La tripulación parece estar inconsciente, y necesitaremos asistencia médica lo antes posible".

"Entendido, Forte 934-espera, ¿has dicho que la tripulación de vuelo está inconsciente?" "Sí, este es uno de los pasajeros".

"¿Sabe qué es lo que ha pasado con el avión?"

Afuera, escuché a un hombre gritar. "¡Mira! La aleta vertical está en la pista".

Luego le siguió una voz femenina. "¡Parece que se ha partido por la mitad!"

Transmití la información. "Parece que el estabilizador vertical se ha abierto. El avión se había sacudido violentamente antes de estrellarse, y el estabilizador parece haberse desprendido al salirse el avión de la pista."

"¿Sabe cuántas personas siguen vivas?"

"Uh, negativo, pero parece que hay un número considerable de supervivientes, y muchos de ellos necesitan atención médica urgente".

"Entendido, esperen y conseguiremos ayuda".

En ese momento, oí un fuerte golpe. Las luces blancas de los cables que se producían fueron cubiertas por una luz amarilla y naranja brillante. Me di la vuelta y vi que un incendio estaba ardiendo en la segunda cabina.

"Tengo que ir ahora; se ha producido un incendio".

Con eso, dejé caer el micrófono de la radio y solté los arneses que sujetaban a los pilotos en sus asientos. Abrí el parabrisas de la cabina y empujé a los pilotos inconscientes a través de la abertura.

Salí detrás de ellos y descendí hasta el barro que había debajo, donde estaban dos de las azafatas y otros setenta pasajeros, seis de los cuales atendían a la tripulación.

Más abajo, en la orilla del río, pude ver la aleta vertical tirada en el barro. El extremo principal se había partido por la mitad, como si hubiera sido cortado por la mitad longitudinalmente.

Alrededor del morro del avión en llamas, pude ver a otros cuarenta y cinco pasajeros, entre los que se encontraba mamá. Tenía un trozo de metal incrustado en la rodilla izquierda, bajo la tapa, y se apoyaba en otro pasajero para sostenerse. Corrí hacia ella y nos abrazamos.

El impacto me produjo varios moratones y me había cortado al salir por el parabrisas. Mi ropa estaba rota y llena de barro, pero aparte de eso, estaba muy bien.

Papá y Terrence fueron arrastrados fuera del avión; ambos sufrieron graves quemaduras. Los dos se habían quedado atascados tratando de desabrocharse. Tres minutos después de que saliera del avión, llegaron los equipos de emergencia. Los bomberos se pusieron a trabajar en el incendio y todos fueron acompañados al hospital de Kansas City para recibir atención médica.

Papá y yo nos recuperamos completamente. Mamá se quedó con una pierna lastimada por su lesión en la rodilla. Terrence falleció a causa de sus quemaduras la mañana siguiente al accidente. De los 187 pasajeros y 13 miembros de la tripulación que iban a bordo, fallecieron 70 pasajeros y 5 azafatas; 28 murieron en el impacto, 36 en el incendio posterior y 11 más en el hospital. 117 pasajeros, 6 auxiliares de vuelo y los dos pilotos sobrevivieron.

Zelda supervisó la investigación del accidente. El 7 de septiembre de 20-, publicó un artículo de prensa que señalaba como causa del accidente el mal mantenimiento de Las Aerolíneas Firebirds. Como resultado, la aerolínea fue acusada de negligencia intencionada, y el caso llegó a los tribunales.

El veredicto dio la vuelta al mundo. Las Aerolíneas Firebirds fue absuelta de todos los cargos, mientras que el mecánico que realizó el mantenimiento cargó con toda la responsabilidad y posteriormente fue despedido de su trabajo.

Casi todo el mundo a mi alrededor estaba enfurecido por la falta de medidas disciplinarias del tribunal contra Las Aerolíneas Firebirds.

Mamá sufrió durante los años posteriores al accidente y al posterior juicio un empeoramiento de su estado de ánimo.

Shannon comenzó a aislarse en su laboratorio, apareciendo en público sólo con Richard o Zelda. Había mostrado indicios de animosidad hacia

Alex y había inventado una mezcla de bebidas que llevó a Alex a convertirse en un cazador de recompensas por la noche. Durante seis meses, incluso el estado de ánimo de Alex parecía haberse apagado un poco. Su ánimo se levantó con el nuevo rasgo catalizado por Shannon; pudo aliviar su resentimiento sin poner fin a su negocio de la tienda de bromas.

Era el único que no expresaba odio o una crisis dramática por la muerte de mi hermano ni por la absolución de Las Aerolíneas Firebirds.

CHAPTER IV

EL VIAJE

Satchel y yo salimos de la oficina y nos dirigimos a la estación de metro. Nos detuvimos en Burger Barn para almorzar antes de ir a la estación. Mientras comíamos, Satchel y yo hablamos de los juicios pasados que concluyeron mal.

"Entonces, Sr. Satchel, ¿quién cree que está causando todo este desorden?" "No estoy seguro".

"Si tuviera que adivinar, diría que alguien está tratando de mantener a sus amigos fuera de la cárcel".

"Los primeros juicios fallidos han tratado de casos civiles. Pero no veo cómo alguien trataría de eludir una pequeña multa. Después de todo, no es tan grave el problema".

"Hmm... buen punto".

"Y quien sea que esté detrás de esto debe tener un amplio conocimiento de cómo funciona el sistema judicial".

"Cierto. Pero eso no nos permite reducir la lista de posibles sospechosos; cualquiera podría tener un motivo y conocimiento del sistema judicial." "¿Pero quién tendría la capacidad de llevar a cabo un acto tan audaz?" "No estoy seguro. Es posible que tengamos que esperar a que lleven a cabo otra actividad antes de tener pruebas concretas de todo esto".

"Y todavía tenemos que averiguar por qué están haciendo estas cosas".

"Eso va a ser un reto".

Satchel miró su reloj. "¡Mira qué hora es! Deberíamos marcharnos".

"Sí, es cierto". Recogí mi envoltorio y lo tiré a una papelera. El envoltorio rebotó, tirando las servilletas y los vasos, y cayó al suelo haciendo ruido.

Me acerqué a recoger toda la basura que había caído. El suelo estaba lleno de mostaza y salsa barbacoa, además de algunos vasos y servilletas usados. Mientras buscaba el envoltorio que había tirado, me di cuenta de algo extraño. Todo lo que se había tirado en el cubo de la basura estaba completamente cubierto de salsa del envoltorio y tirado en una pila desordenada. Sin embargo, encima del envoltorio, había un trozo de papel de impresora blanco perfectamente doblado que no tenía nada de salsa.

Eso no podía estar ahí desde el principio; alguien tuvo que haberlo deslizado allí después de que cayera al suelo. Miré alrededor del pilar junto a la lata, pero no había nadie. Por supuesto, había decenas de personas en el restaurante, por lo que podían entrar y salir con bastante rapidez sin notarlo.

Saqué el papelito del envoltorio y lo desdoblé. Había una nota escrita a máquina:

Son muchos los casos judiciales y poco es el tiempo
Algunos nunca pagan el precio de su crimen pero
Te digo que hoy comenzará, una serie de venganzas
Casi tan frías como el hielo, ya que pronto verás
Horror y miedo
En cada esquina
Luego de saber que tu vida está llegando a su fin

8, 16, 4, 19, 14, 18, 23

No tenía ni idea de lo que significaba eso, pero volví a doblar la nota y la guardé en mi bolsillo. Luego recogí toda la basura que se había caído del cubo de la basura y la volví a poner donde estaba.

"¿Estás listo para irnos, Johnson?" "Sí, ya voy".

Salimos del restaurante y nos dirigimos a la estación de metro.

Fue un cambio tan brusco pasar de una calle climatizada a un túnel frío. Compramos nuestros boletos, atravesamos los molinetes y bajamos por las escaleras mecánicas hasta el andén.

La estación estaba llena. Casi no podía ver el borde del andén entre la multitud de gente que había. Lo único que se oía en el túnel era el ruido de la gente hablando. Era difícil ver a Satchel entre la multitud.

Afortunadamente, Satchel y yo conseguimos mantenernos juntos y subir al tren.

El tren estaba aún más apretado que el andén. Apenas podía moverme y el tren era como un globo a punto de estallar.

Durante el viaje, pensé en la nota que había encontrado. Parecía estar en peligro.

Pero, ¿en qué sentido estaba en peligro?

¿Y también estaban en peligro mis amigos o mi familia?

Al cabo de veinte minutos, el tren llegó a nuestra parada. Salí del tren y me dirigí a la escalera mecánica.

Fue estupendo volver a disfrutar de un espacio abierto. Aunque había mucho más ruido que en el metro.

Fue entonces cuando me di cuenta de algo. Satchel ya no estaba conmigo.

Volví a entrar en la estación y busqué en el andén de arriba abajo sin suerte.

Subí a un tren que se dirigía de nuevo a Landenberg y fui buscando por las estaciones por las que pasaba nuestro tren de camino a la comisaría. Volví a la primera estación sin encontrar a Satchel por ninguna parte.

Salí a la calle para llamar a Alex y organizar a mis amigos en un grupo de búsqueda para encontrarlo.

"Alex, necesito tu ayuda. Iba de camino a la comisaría con el abogado defensor para el próximo juicio, pero acaba de desaparecer".

"¿Así que perdiste tu cartera?"

"Ja, ja, muy gracioso. No es momento de bromas, Alex. Llama a Richard, Shannon y Zelda y que se reúnan conmigo en la estación de metro".

"Estoy en ello".

Los cuatro amigos llegaron a la estación en menos de diez minutos.

Pude reconocer a Alex muy fácilmente. Su pelo rojo anaranjado y su chaleco a cuadros no tenían nada que ver con lo que llevaba o con su aspecto. Y sus gafas con cinta adhesiva y su cara pecosa hacían que su aspecto fuera aún más cómico (al menos durante el día, cuando era el "Dr. Risitas").

Si no supieras que eran hermanas, pensarías que Zelda y Shannon eran mejores amigas; Shannon era rubia y Zelda, morena. Richard y Patrick tenían el pelo negro (aunque Richard suele llevar una gorra de béisbol), por lo que a primera vista se notaba que eran hermanos. A Terrence y a mí nos confundían a menudo diciendo que éramos gemelos, aunque él era unos centímetros más alto que yo (a pesar de que yo era mayor que él por unos tres años).

Shannon fue la primera en hablar. "Entonces, Johnson, ¿qué estamos haciendo aquí?" "Estaba reunido con el abogado de William York, y lo llamaron a la comisaría donde lo están interrogando. Pero nos separamos en el camino, y ahora no está. Tenemos que llegar hasta el metro y buscarlo".

Cuando llegamos, miramos el mapa del metro para ver qué ruta habíamos tomado Satchel y yo.

"Bien, aquí está la estación de policía", Richard señaló un punto en la línea rosa del metro, "y aquí es donde estamos ahora mismo". Señaló el punto donde se cruzaba una línea naranja.

"El viaje duró veinte minutos", les dije. "Los dos subimos al tren, pero sólo yo me bajé en nuestro destino".

"Así que ahora la pregunta", Zelda se puso su dedo en la barbilla, "¿en qué punto entre las dos estaciones se bajó?".

"Hay carteles visibles desde las ventanas", señalé, "y aunque el andén estuviera repleto, podría leerlos claramente".

Alex pensó en eso. "Si se bajó en la parada equivocada, debe estar muy desubicado".

Shannon miró el mapa. "Entonces, hay cuatro paradas que tenemos que buscar".

No había tanta gente como antes, pero todavía había una cantidad considerable. Por lo tanto, había espacio suficiente para que todos pudiéramos vernos, a diferencia de lo que ocurrió en el viaje con Satchel.

Al llegar a la primera parada, no había nada. Un hombre con esmoquin nos llamó la atención por un momento, pero comprobamos que no era a quien buscábamos.

Tampoco encontramos nada en la segunda parada. Lo único fuera de lo normal era que una de las escaleras mecánicas estaba en obras de mantenimiento. Alex conversó un poco con los mecánicos antes de continuar.

En la tercera parada, pude ver lo que parecía una cinta de escena del crimen sobre la entrada a la zona bajo la escalera mecánica, que estaba vigilada por un agente uniformado. Cada uno de nosotros se bajó del tren y se dirigió a investigar.

Allí nos esperaban otros cinco agentes uniformados, a uno de los cuales reconocí inmediatamente.

"Hola, Rachel, ¿cómo te va?"

Rachel Dinesen era una prima cercana; habíamos ido a la misma academia de policía y solíamos jugar al paintball juntas en el instituto. Su madre es mi tía y mi jefa, la jefa de policía Bethany Dinesen.

Rachel dijo a los otros cinco policías que fueran a la escena del crimen, y luego me miró a mí. "Se ha encontrado un cadáver aquí atrás. Todavía no hemos identificado quién es".

"¿El cadáver sigue ahí?" "Sí, lo está".

"¿Puedo ver? Quizás sepa quién es". Honestamente no quería decir eso.

"Está justo en la pared".

Cuando entré, vi quién estaba debajo de la escalera mecánica y me sorprendí. Atado con un manojo de cables de extensión estaba el cuerpo de Harold Satchel.

Con una sangrienta herida punzante en el cuello.

CAPÍTULO V

EL PRIMER ASESINATO

Nos quedamos perplejos durante unos diez segundos y luego Richard habló. "¿Cómo ocurrió esto?"

"Ojalá lo supiera", respondió Shannon.

Alex, Richard, Shannon y Zelda se acercaron a hacer preguntas a los oficiales que estaban en la escena, mientras Rachel y yo empezamos a hablar.

"Entonces, Johnson, ¿qué te trae por aquí?".

"Bueno, el señor Satchel y yo íbamos a reunirnos con William York en un interrogatorio. Nos separamos en el camino, y cuando mis amigos y yo fuimos a buscarlo, nos topamos con esta escena del crimen."

"Bueno, como has descubierto, Satchel ha sido asesinado". "Sí."

"Entonces, ¿puedes contarme lo que pasó?"

"Bueno, estaba ayudando a Zelda con la investigación de una serie de casos judiciales fallidos, y fui a ver a Satchel con la esperanza de obtener algunas pistas".

"Entonces, ¿Qué te llevó a decidir hablar también con William?"

"Él sería el acusado en el próximo juicio por asesinato, y me han dicho que estaba involucrado en algunos otros casos judiciales. Resulta que William llamó a su abogado durante mi entrevista con Satchel".

"¿Pasó algo extraño durante su viaje a la comisaría?"

"Bueno, nos detuvimos a comer algo antes de dirigirnos al metro. Mientras comíamos, estuvimos discutiendo sobre quién querría sabotear los casos judiciales".

"¿Entonces qué?"

"Cuando Satchel y yo nos disponíamos a salir, se me cayó el envoltorio al suelo. Cuando fui a recogerlo, vi un trozo de papel perfectamente limpio y bien doblado metido en el envoltorio salpicado y arrugado que se me había caído. Lo saqué del envoltorio y lo abrí".

"¿Qué había en ese papel?"

"Parecía un poema. Según creo, puede ser una amenaza de muerte de quienquiera que esté detrás de todos los casos de corrupción que hay por aquí".

"¿Puedo verlo?"

Saqué la nota de mi bolsillo y se la di a Rachel. "Aquí tienes".

"Gracias". Ella miró la nota con interés.

Mientras leía, parecía que la había leído antes pero no recordaba dónde ni cuándo.

"Sí, parece ser una amenaza de muerte". Puso la nota en su cartera. "Tengo que hacer que revisen esto para ver qué se puede encontrar, si es que hay algo".

"De acuerdo. Buena suerte con eso".

Nos dimos la mano y nos dirigimos a la calle.

"Probablemente deberías hablar con tu padre sobre esto", sugirió Rachel. "Claro, lo haré".

Cuando llegué al apartamento, vi que mamá y papá estaban viendo las noticias. En el televisor, los reporteros estaban en el lugar de los hechos transmitiendo la historia de la muerte de Satchel.

"Hola, mamá. Hola, papá".

"Hola, Johnson". Papá se levantó y me acompañó al salón.

Mamá me esperaba allí. "¿Hay algo que quieras contarnos sobre lo que ha pasado esta tarde?"

"Martha, no está en problemas".

"Lo siento, Daniel; es que estoy inquieta por esto".

"Sí, lo entiendo". Papá apagó el televisor. "De todos modos, ¿cómo fue tu reunión de hoy?"

"Bueno, terminó muy mal". "Ya me lo imaginaba".

"Satchel fue asesinado en un túnel del metro cuando íbamos de camino a la comisaría. Le conté a Rachel Dinesen lo que había pasado, y me explicó cómo era la escena del crimen cuando llegó".

"Entonces, ¿qué pasó con Satchel?"

"Ya han enviado su cuerpo para una autopsia. Esperaba que las hermanas Thomson y yo pudiéramos hablar con el médico forense que realizará la autopsia".

"De acuerdo. Hazlo tú".

Me acerqué al teléfono para llamar a Zelda. "Hola, Johnson. ¿Qué estás haciendo?"

"Hola, Zelda. Iba a ver al médico forense que iba a realizar la autopsia de Satchel. Quizá necesite que tú y Shannon me acompañen".

"Claro, Johnson".

Al llegar, vi a Alex y a Richard en la cafetería de enfrente.

"Hola, Alex. ¿Qué pasa?" "La lona del porche".

"Por supuesto. ¿Qué te trae por aquí, Richard?"

"Alex y yo estábamos hablando del próximo juicio ahora que Satchel está muerto".

"Sí. Vamos a entrevistar al médico forense que realizará la autopsia de Satchel para reunir pistas sobre su muerte".

"De acuerdo. Bueno, buena suerte con eso. Si necesitas algo, Richard y yo estaremos aquí".

"Es bueno saberlo." Tras esto, Zelda y yo procedimos a entrar en el hospital.

Llegué hasta el mostrador de la recepcionista. Ella levantó la vista de la computadora y me miró. "¿Puedo ayudarlos en algo?"

"Sí, estamos aquí para hablar con el Dr. Arnold Suzuki". Zelda y yo le mostramos nuestras placas.

"Habitación 427 en el cuarto piso". "Muy bien, gracias, señora".

Nos dirigimos a la escalera y empezamos a subir al cuarto piso, dirigiéndonos a la habitación 427.

Toqué la puerta y esperé a que me abrieran. Apareció un joven de pelo negro.

Zelda mostró su placa y luego miró al hombre. "¿Es usted el dr. Arnold Suzuki".

Asintió con la cabeza y habló en voz baja con acento japonés. "Sí, soy yo".

Le tendimos la mano para que la estrechara. "Soy Johnson Vásquez, y esta es mi compañera Zelda Thomson, y su hermana Shannon".

Nos estrechó la mano y nos hizo pasar a la habitación. "¿Qué puedo hacer por ustedes tres?"

"Mi compañera y yo estamos investigando la muerte de Harold Satchel", dijo Zelda. "Iba a participar en un juicio por asesinato en enero. Tenemos entendido que usted estaba realizando la autopsia de la víctima".

"Sí. Mis resultados son bastante extraños".

"¿En qué sentido?" Tomé nota del equipo que el Dr. Suzuki estaba utilizando para la autopsia de Satchel.

"Bueno, como puede ver en mi informe", me mostró el informe que había redactado antes de que nos presentáramos, "la causa de la muerte del señor Harold Satchel he determinado que ha sido un desangramiento por una brecha en la vena yugular. Y parece que ha sido apuñalado con un gran objeto punzante, quizás una estaca o algo de naturaleza similar".

"Entonces, ¿qué has encontrado de extraño?" Preguntó Shannon.

"Lo que me pareció extraño, Sra. Thomson, fue que el arma parece haberse roto al ser introducida en la zona dañada. Por lo tanto, se podría pensar que un pedazo del arma se habría alojado en algún lugar de la zona. Pero ese no es el caso. Y no hay ninguna prueba de que el trozo roto haya sido retirado, o de que alguien haya intentado sacarlo". "Entonces, ¿la pieza rota simplemente desapareció?" Anoté lo que el Dr. Suzuki había estado diciendo.

"Entonces, ¿qué pasó?" Zelda se quitó el sombrero brevemente para refrescarse.

"Permíteme que te lo explique". Se dirigió al armario y sacó un maniquí medio "disecado" para demostrar lo que nos estaba contando. "El homicidio era similar a sacar punta a un lápiz; el arma se introducía justo debajo de la mandíbula inferior, partiendo la vena. A partir de ahí, la muerte era inevitable.

La fuerza fue equivalente a atravesar con un lápiz una ficha, pero fue suficiente para romper la punta del arma que se utilizó."

"¿Pudo averiguar qué tipo de arma se utilizó?" Zelda esperaba encontrar algún tipo de pista sobre quién había matado al legendario abogado. "Como dije antes, era algo parecido a una estaca. Pero era tan frágil que

se rompió con muy poca fuerza, y no se encontraron rastros en la zona. Así que no sé de qué tipo de material estaba hecha el arma". "¿Qué tipo de estaca se rompe sin apenas fuerza? Y si se rompió, ¿por qué

no se encuentran fragmentos?" Anoté la información en mi libreta, con la intención de averiguar qué tipo de arma mató a Satchel.

El doctor Suzuki me indicó entonces que había otro enigma. "Hay algo más extraño: a pesar de que el señor Satchel murió desangrado, su ropa no tenía nada de sangre. La única sangre que había en el cuerpo era un charco en forma de media luna justo una pulgada por debajo de la herida punzante."

Shannon lo miró detenidamente. "Si lo piensas, es casi como parte de un círculo perfecto".

"Hm. En cierto modo se ve de esa manera."

"Tal vez si tuviéramos una muestra del informe, podríamos estudiarlo más detenidamente para obtener pruebas".

El Dr. Suzuki entendió la petición, y nos proporcionó una muestra del informe, así como las fotos tomadas del cuerpo.

"Gracias por su tiempo, Dr. Suzuki". "De nada, señor Vásquez".

Zelda me miró mientras salíamos de la oficina. "Probablemente deberíamos hablar con los demás sobre esto".

"Estoy de acuerdo".

CAPÍTULO VI

DISCUSIÓN

Cuando Zelda, Shannon y yo salimos del hospital, Richard y Alex seguían fuera en la cafetería.

Richard preparó asientos para los tres. "¿Qué has descubierto en la autopsia?"

"Ojalá lo supiera". Zelda tomó asiento junto a Shannon.

"¿Qué quieres decir?" Alex bebió un sorbo de su café con leche de caramelo y dijo: "¿Lo que encontraste fue algo confuso para ti?".

"No, fue lo que no encontramos". Miré el menú que había sobre la mesa. "¿Qué quieres decir con "lo que no encontraron"?". Richard bajó su chocolate caliente.

"El doctor Suzuki dice que fue apuñalado en el cuello, y el puñal o estaca parece haberse roto y desaparecido". Empecé a deslizarme en mi asiento.

Alex intentó levantarme el ánimo. "Bueno, que la estaca se haya destrozado no significa que tú tengas que hacerlo".

Rachel entró en la cafetería y Zelda y yo nos acercamos a hablar con ella. "Hola, Rachel". Nos dimos la mano.

Rachel, Zelda y yo nos acercamos a sentarnos en el banco de la acera para conversar.

"Sobre la nota que te di... "

"Sí. Me temo que no pude encontrar muchas pruebas en ella". La sacó de su bolsillo.

"¿No?" Le devolví la nota.

"Las únicas huellas que encontré en esa nota eran tuyas, pero esa nota la habías leído tú, así que eso no me asegura nada".

Zelda miró el poema. "¿Y qué hay de lo que decía el propio poema?" "No había podido leerlo con más atención".

"Voy a echarle un vistazo". Zelda tomó la nota y empezó a leerla.

Rachel y yo entramos en el café mientras Zelda regresaba a la mesa para examinar la nota.

"Entonces, Johnson, ¿cómo te trata la vida?"

"Aparte del asesinato de hoy, me ha ido bastante bien". "Sí. ¿Todos tus amigos están bien?"

"Sí, lo están".

"Hace tiempo que no hablo con Rickey". "Sí, Richard ha estado ocupado últimamente".

"¿Sigue jugando al béisbol?"

"Sí. Todavía se dedica a ello. Ha demostrado su interés en unirse a las Grandes Ligas algún día".

"Eso suena divertido. ¿Cómo le va con Shannon?" "Parecen una pareja perfecta".

"¿Sí?"

"Richard y Shannon se han convertido en mejores personas desde que comenzaron a estar juntos".

"Ya veo. ¿Y qué hay de Alex?" "Le ha ido muy bien".

"¿Ha notado algo inusual en su tienda?" "No dijo nada al respecto. ¿Por qué?"

"Mis compañeros estaban hablando de ciertos rumores en ese lugar; pensé en preguntarle sobre eso".

"Bueno, no tengo nada que informar sobre eso. No hay nada inusual que haya observado, aparte de los planes para un boliche".

"¿Y Zelda ha sido constante contigo?" "Oh, sí."

"Eso es bueno."

"Bueno, probablemente debería reunirme con mis compañeros. Fue genial hablar contigo, Rachel".

"Igualmente, Johnson."

Cuando me senté de nuevo a la mesa, Zelda me miró. "Hay muchas pistas en esta nota. No sé cómo es posible que Rachel no las haya notado".

"Sí, hay un montón de pistas por descubrir". Empezamos a señalar esas pistas.

"Esto es lo que dicen las dos primeras líneas: 'Son muchos los casos judiciales y poco es el tiempo / Algunos nunca pagan el precio de su crimen pero'. Así que quien sea que haya escrito esto debe ser el responsable de esta cadena de injusticias".

"'Te digo que hoy comenzará, una serie de venganzas / Casi tan frías como el hielo, ya que pronto verás'. Eso no tiene sentido; si ellos están detrás un desastre judicial, ¿cómo podría empezar hoy sus 'venganzas'?"

"Bueno, podría indicar que se trata de una nueva venganza. Tal vez ha aumentado hacia la muerte de personas".

"¿Y qué se supone que significa 'casi tan frío como el hielo'? ¿Están tratando de decir 'sangre fría' o...?"

"Es muy posible que sea eso".

"Y la última línea es 'Horror y miedo / en cada esquina / Luego de saber que tu vida está llegando a su fin'".

"Eso confirmaría una amenaza de muerte de quien escribió esto". El comentario de Zelda fue claro.

"Me parece extraño que 'Horror y miedo / en cada esquina' esté escrito en dos líneas".

"Bueno, si se observa la inicial de cada línea, dice SATCHEL". "Es interesante. Entonces, ¿qué significan esos números?". Zelda se encogió de hombros.

Shannon se frotó los ojos y tomó la nota. "¿Alguien sabe quién escribió esto?"

"No lo sé", contestó Alex, "pero seguro que escriben unos versos de muerte".

Shannon fue la única que no se rio. Richard golpeó la mesa con tanta fuerza que el batido de Zelda se cayó de la mesa. Al romper el vaso, todos nos quedamos callados.

Enseguida llegó una camarera con un trapeador, una escoba y un recogedor. Mientras limpiaba los trozos de vidrio, Alex trató de alegrar el ambiente. "La verdad es que uno desearía que los vasos fueran de hielo.

Esto mantendría la bebida fría, y si se te cayera, los trozos se derretirían sin dejar rastro".

Fue entonces cuando me vino la idea a la mente. Rápidamente volví a mirar el informe de la autopsia, luego el hielo del suelo y después miré a Alex. Sentí ganas de abrazarlo en ese mismo momento.

Por suerte, no lo hice.

"¿Por qué estás tan contento, Johnson?"

"Creo que se me ocurre una idea de lo que puede haber pasado. Esta noche pondré a prueba mi teoría en casa de mis padres, y si parece ser lo que buscamos, reuniré a todos mañana por la mañana."

"¿Puedes decirnos qué crees que fue?"

"En este momento no; tengo que asegurarme de que realmente era posible antes de revelarlo. Hablaré de ello con mi padre".

Richard se encogió de hombros. "De acuerdo".

Cuando llegué al apartamento de mamá y papá ya era tarde. Estaban en medio de una cena a la luz de las velas.

"Oh, lo siento. ¿Interrumpo?"

Mamá sacudió la cabeza. "No, en absoluto. Estábamos a punto de empezar a limpiar".

Papá recogió los platos y los vasos. "Entonces, ¿qué te trae por aquí esta noche, hijo?".

"Quería hablar contigo sobre lo que he descubierto en relación con el asesinato de Satchel". Miré a mamá. "¿Estaría bien si papá y yo hablamos en privado?"

"Por supuesto, puedes hacerlo. Estaré en la cocina limpiando". "De acuerdo". Papá y yo fuimos al porche trasero.

Una vez que los dos estuvimos fuera, le informé a papá sobre los nuevos detalles. "Creo que tengo una idea de cómo mataron a Satchel hoy".

"¿Y cómo fue?"

"Creo que lo apuñalaron con un trozo de hielo".

"¿Cómo crees eso?"

Le mostré el informe de la autopsia. "El forense nos dijo que Satchel había sido apuñalado en el cuello con algún tipo de estaca u objeto punzante. La punta se rompió al usarla, pero no había rastro del trozo que faltaba en la herida, ni había pruebas de que alguien haya intentado quitárselo."

"Ya veo". Miró algunos detalles más. "También dice que casi no había sangre fuera del cuerpo, aunque Satchel se desangró hasta morir".

"Sí. No fuimos capaces de averiguar la razón de eso".

Señaló la forma de media luna que Shannon notó. "El charco parece casi parte de un círculo perfecto, algo así como la mancha de una taza de café en una mesa".

"Lo que quiero saber es si es posible matar a alguien apuñalándolo con un trozo de hielo como un carámbano".

"Bueno, como Satchel fue apuñalado en la vena yugular, sería fácil que una ruptura causara una pérdida de sangre casi total y la muerte. En primer lugar, el asesino tuvo que encontrar la forma de fabricar un carámbano lo suficientemente afilado como para causar el daño necesario, y también averiguar cómo se mantendría congelado el tiempo suficiente para ser utilizado para matar a alguien."

"Y es obvio que el carámbano se ha derretido, sin dejar ninguna evidencia de las dimensiones del mismo".

"Yo pensaría que el carámbano tendría que haberse formado durante el invierno; no hay un método alternativo tan eficaz para hacerlo. Tendría que haber sido de doce a quince pulgadas de largo para tener la forma necesaria. También tuvo que haber un método por el cual el carámbano se mantuvo congelado hasta que estuvo listo para usarse".

"¿Te refieres a una nevera con hielo seco? Porque no creo que eso se almacene bien en un congelador normal, teniendo en cuenta cuántas otras cosas habría allí con él. Además, un corte de luz haría que el hielo se derritiera".

En ese momento, mamá abrió la puerta del porche. "Bethany me acaba de llamar; dice que quiere que los dos estén en el trabajo mañana a las seis de la mañana. Así que probablemente deberías ir a casa y descansar un poco, Johnson".

"¿Podría pasar la noche aquí para que papá y yo podamos continuar nuestra discusión?"

"Por mí está bien. La habitación de invitados está disponible".

"De acuerdo". Fui al armario donde mamá y papá guardaban los sacos de dormir y elegí uno para pasar la noche.

"Muy bien". Mamá se fue a su dormitorio para preparar la cama. "Buenas noches, Johnson".

"Buenas noches".

CHAPTER VII

LA HISTORIA DE ALEX

Hola, soy Alex Andrews. Lamento esta interrupción, pero pensé en añadir mi propia narración a esta historia. Richard, Shannon y Zelda también van a añadir sus propias narraciones más adelante en esta novela. Johnson continuará después de este capítulo, pero por ahora, hablaré yo aquí; así que tengan paciencia antes de que se vuelvan locos.

Tal y como Johnson probablemente les ha dicho, soy un amigo muy cercano a él. Probablemente ha mencionado que tengo dos fases mentales: una durante el día y otra durante la noche. Quizá se pregunten cómo puedo vivir dos vidas distintas que son casi exactamente opuestas. Bueno, eso se lo diré ahora mismo.

Seguramente han visitado mi tienda de bromas en Fischer Blvd, Dr. Chuckle's Prank Lab y Gag Shop. Está la colección clásica de lo que se espera encontrar en una tienda de este tipo; hay cojines de goma, pollos de goma, flores que salpican, timbres de mano, etc. También tengo objetos para disfraces, animales de peluche, juegos de magia, decoraciones para fiestas e ingredientes para bebidas locas.

Ninguno de los clientes habituales sabe que tengo una identidad "secreta". Sólo me conocen como un friki pelirrojo con un aspecto extremadamente nerd y un gran sentido del humor. Lo que no saben es que, cuando se pone el sol, toda mi personalidad cambia.

Las únicas personas que conocen el vínculo entre mi alter-ego nocturno y yo son Johnson, Richard, Shannon y Zelda. Nunca me reconocerían si me vieran caminar por ahí después del atardecer.

Mi pelo rojizo lo ocultaba bajo un gorro de color negro. Las gafas con cinta adhesiva sustituyen a unas gafas de visión nocturna. Mi camisa de cuadros amarillos y verdes está oculta bajo un cuello alto negro y un chaleco antibalas. En el lugar en el que estarían mis tirantes hay una chaqueta militar sin mangas con tres bolsillos a cada lado. En lugar de llevar zapatillas deportivas rojas y amarillas, tengo botas militares negras.

Lo que ven ante ustedes es el cazarrecompensas Brandon Fuhrman Chide.

Ahora, ¿por qué yo, siendo el dueño de una tienda de bromas divertidas y tontas, adopto un cambio casi bipolar durante la noche? Seguramente se lo pregunten.

Como explicó Johnson, su hermano menor, Terrence, fue una de las 75 personas que murieron en el vuelo 934 de Las Aerolíneas Firebirds. También dijo que Las Aerolíneas Firebirds fue absuelta de no haber realizado la supervisión de una operación de mantenimiento en la que el mecánico jefe utilizó un remache dañado para completar una operación de mantenimiento en la aleta vertical del vuelo 934. Yo, como miles de personas, sabía que la culpa era de la propia aerolínea, no del jefe de mecánicos, que perdió su trabajo a causa del accidente. Pero el abogado que representaba a Las Aerolíneas Firebirds era muy reconocido, y la regla de exclusión hizo que se ignoraran pruebas clave, lo que condujo a un caso partidista a favor de la aerolínea.

Era consciente de que se estaba cometiendo una injusticia en el tribunal, pero la decisión estaba tomada y nada podía cambiarla. Me sentí indignado; sufrir una pérdida catastrófica, y que luego los culpables se salgan con la suya. Sabía que esto no podía quedar así. Quería hacer algo al respecto, pero no estaba dispuesto a renunciar por completo al éxito de mi tienda.

Un viernes por la tarde, estaba en el sótano de mi tienda trabajando en una rutina de comedia. Mis amigos, que aún no se habían graduado, (esto fue seis meses después de que Las Aerolíneas Firebirds fuera absuelta) estaban conmigo para ayudarme.

En ese momento, Shannon, que sentía una fuerte enemistad conmigo, estaba tomando clases de química impartidas por la profesora Martha Ida Laverne Vásquez, la madre de Johnson. Estaba en la mesa de bebidas realizando una serie de pruebas con unos productos químicos que había recibido ese mismo día por correo.

Shannon intentaba encontrar una cura para su comportamiento pusilánime; ha estado atormentada por esta actitud desde el incidente que finalmente inspiró a Johnson a entrar en el departamento de policía. Y después del juicio sobre el vuelo 934 de Las Aerolíneas Firebirds, pasó casi todo el tiempo encerrada en su laboratorio, saliendo sólo en público con Richard y Zelda.

Después de lo que debían ser sesenta y tres pruebas y experimentos, Shannon terminó su trabajo.

Richard decidió preparar una tanda de mi ponche característico cuando Shannon se lo pidió. Richard es mi mejor amigo y es la única persona que conoce la receta del ponche.

Shannon quería que Las Aerolíneas Firebirds pagara por lo que hizo. Dijo que quien encontrara la forma de hacer justicia respecto al Vuelo 934 debería brindar por ello. Estuvimos de acuerdo, y después de brindar, todos a la vez nos bebimos cada copa de un trago.

Mientras tanto, durante veinte segundos, nada nos pareció extraño. De repente, todos caímos al suelo tocándonos el estómago y quejándonos de dolor. Antes de poder levantarme, sentí un fuerte dolor de cabeza. Me desmayé y en el suelo pude ver los vasos rotos donde cada uno de nosotros los había soltado.

En el momento en que recobré el conocimiento, habían pasado cinco minutos. Seguía en el sótano de la tienda, al igual que mis amigos, que parecían haberse despertado también. Todo estaba exactamente igual que cuando ocurrió el incidente, pero había algo muy raro.

La primera cosa que noté fue que todos habían cambiado de aspecto.

Todos teníamos una mentalidad más oscura.

Johnson era un sargento instructor. Iba vestido de camuflaje militar y tenía la cara sucia y llena de cicatrices.

Yo me había convertido en un cazarrecompensas. Me miré en el reflejo de la puerta de cristal de la escalera y vi lo que parecía ser un agente de la CIA de pie donde yo estaba.

Richard era un guitarrista de rock. Tenía el pelo morado brillante, y todo lo demás que llevaba era negro o verde neón.

La que más había cambiado era Shannon; parecía un cruce entre un mono y un león.

Y Zelda se había convertido en una comandante del ejército (aunque no era autoritaria). Ambas mujeres incluso se habían transformado en hombres.

Enseguida nos dimos cuenta de lo que había sucedido y de que el ponche estaba adulterado. Rápidamente, Richard descubrió que había agregado un ingrediente que no correspondía; en el armario cercano a la mesa del laboratorio encontraron una ampolla vacía. En la ampolla había unos cristales gruesos parecidos al azúcar. Por lo que recuerdo, eso nunca estuvo allí.

Shannon apareció. Confesó haber hecho el ingrediente con el que nos habían drogado.

Escuché un poco de alboroto en el piso de arriba y fui a comprobarlo. A todos los demás les indiqué que se quedaran quietos.

Cuando llegué arriba, oí que alguien estaba caminando por la tienda. Me escondí discretamente detrás del mostrador mientras el ladrón merodeaba. La luz de una linterna brilló por toda la habitación, buscando algo que llevarse. Cuando llegó al mostrador donde yo estaba escondido, se detuvo. Entonces oí pasos que se acercaban; no tenían ni idea de que yo estaba detrás de la caja registradora.

Busqué un arma bajo mi chaqueta y vi que una mano metía un cincel en el cajón de la caja registradora.

Fue entonces cuando me lancé frente a él, con la pistola apuntando directamente a sus ojos abiertos.

Instintivamente dio unos pasos hacia atrás y luego salió corriendo hacia la puerta gritando a todo pulmón.

Salté por encima del mostrador, atravesé la ventana delantera para activar la alarma y lo seguí por la calle iluminada.

Intentó meterse por los callejones laterales para escapar de mí, pero no pudo hacerlo. Intentó varias veces tirar cubos de basura para impedirme avanzar, pero fue en vano. En una ocasión, me lanzó su cincel, pero no me hizo ningún daño.

Finalmente, lo atrapé fuera de un complejo de apartamentos. Ya no había escapatoria.

Sin dejar de apuntar con mi pistola, saqué un par de esposas. "Date la vuelta y ponte contra la pared, y pon las manos a la espalda".

Obedeció y procedí a esposarlo.

Lo llevé de vuelta a la tienda, donde la policía había llegado para investigar. "Buenos días, agentes". Entregué al ladrón. "Acabo de atrapar a este hombre intentando robar en esta tienda".

El ladrón fue llevado a la patrulla por uno de los policías, y el otro centró su atención en mí. "¿Quién eres tú y qué hacías aquí por la noche fuera del horario comercial de la tienda?".

Rápidamente me inventé una historia para encubrirme. "Me llamo Chide. Brandon Chide. El dueño de la tienda me había pedido que vigilara la tienda durante el horario de cierre; esta es mi primera noche de trabajo."

"Entonces, ¿quién es el dueño de la tienda?"

"Su nombre es Alex Darren Lucius Andrews. Si quiere que él compruebe lo que le cuento, tendrá que esperar a que lo llame; no lo va a encontrar a esta hora."

"¿Cómo puede saber que tiene que llamar para un interrogatorio?"

"Me aseguraré de contarle todo. Él me confía todo lo que tiene en su poder".

Pude leer el sospechoso escepticismo en su rostro. "Ajá. Voy a esperar aquí hasta que aparezca el señor Andrews".

"Como guste". Volví a bajar las escaleras y me reuní con los demás.

Al amanecer, los efectos que la mezcla había producido desaparecieron. Si hubiera entrado a vernos en ese momento, nunca habría sabido que había ocurrido algo inusual.

Subimos y vimos el vehículo del policía aparcado fuera de la tienda. Mis amigos tomaron caminos distintos mientras yo despertaba al policía que dormía al volante.

Tras confirmar la historia que le había contado la noche anterior, se marchó sin incidentes, sin saber que había hablado dos veces con la misma persona.

Después de esa noche, descubrí que a lo largo del día alternaba entre dos personas: el Dr. Franklin Benson Chuckle de día, y el Sr. Brandon Fuhrman Chide de noche.

Y así comenzó: el extraño caso del Dr. Chuckle y el Sr. Chide.

CAPÍTULO VIII

LA ACADEMIA DE DERECHO WAINWRIGHT

A la mañana siguiente, en el desayuno había algo que no encajaba. "Oye, mamá, ¿dónde está papá?"

"No lo sé".

"Intenté llamarlo esta mañana, pero no me contestó; me mandó al buzón de voz".

"Hm. Bueno, seguro que hoy lo verás más tarde". "Eso espero".

Mamá sacó las tortitas y, al sentarse, derramó el café sobre su camisa. "¡Augh!"

"¿Estás bien, mamá?"

"Sí, estoy bien. ¿Podrías ir a mi armario y traerme otra camisa?" "Yo me encargo". Salí y fui al armario de mamá y papá.

Cuando llegué allí, vi algo en el suelo. Una gran red de cables y extensiones estaba tirada en la esquina que estaba más alejada de la puerta.

También había una caja de cartón llena de pequeñas bolsas de plástico transparente. Todas estaban vacías, pero me pregunté por qué estaban en el armario de mis padres.

Tomé una camisa y me dirigí a la lavandería, donde estaba mamá. Le entregué la camisa a mamá. "Aquí tienes".

"Gracias". Cerró la puerta y procedió a quitarse la camisa anterior.

Un minuto después, salió de nuevo y en el momento en que se estaba bajando la camisa nueva por el estómago noté que tenía un gran moretón.

No estaba seguro si debía o no decir algo al respecto, así que preferí no decir nada.

"¿Dormiste bien anoche, Johnson?" "Uh, sí, lo hice".

"Eso es bueno".

Al final, el desayuno continuó con normalidad.

Más tarde, reuní a todos para volver a la estación de metro. Antes de salir, conversamos en la acera frente al complejo de apartamentos.

"Entonces, ¿qué vamos a hacer?" Shannon no sabía por qué de repente pasaba de estar frustrado a entusiasmado en pocos segundos en el café.

"Creo que sé cuál es el arma homicida". "¿Qué era?" Me preguntó Richard.

"Creo que Satchel fue apuñalado con un trozo de hielo o carámbano".

"Estamos en la primera semana de octubre y hace doce días que está soleado; hace demasiado calor para que se formen carámbanos". Por su parte, Zelda expresó sus dudas sobre mi conclusión.

"¿Tal vez lo consiguieron el invierno pasado y lo estaban guardando?". Me pareció una explicación razonable.

Alex pensó que la idea era ridícula. "Entonces, ¿un minuto la investigación está en el hielo y al siguiente estamos realmente ante un asesino a sangre fría?".

Oí que mamá se reía. "Eso parece". Me di la vuelta. "¿Vas a salir?"

"Sí." Me besó la frente. "Esperemos que tu padre llegue pronto".

Cuando se fue, Zelda me miró confundida.

"Papá no estaba en casa esta mañana, y no pude llamarlo al celular".

"Hm..."

Fue entonces cuando sentí un trozo de papel bajo mi camisa.

Lo saqué y lo miré. ¿Cómo apareció eso de repente, aparentemente de la nada?

"¿Alguien sabe de dónde salió esto?"

Los cuatro que estaban conmigo respondieron al mismo tiempo diciendo: "No".

Abrí el papel y al instante sentí un sorprendente déjà vu. Había otro poema escrito a máquina.

Vamos a estar muy enervantes (perdón por el juego de palabras).
A pesar de todo, me temo que esto sólo ha comenzado, así que
Sé ágil y
Quizás un poco más rápido
Un salto debes dar por encima del candelabro antes de
Enfrentarte a este hombre con la canilla fracturada
Zachary Jacques Tolono Venshlin

3, 25, 2, 6, 17, 27, 13

Se lo mostré a Zelda de inmediato. Sentí que un gran presentimiento. Los otros tres también leyeron el poema.

Richard estaba confundido. "¿Cómo se supone que la palabra 'enervante' es un juego de palabras?".

Alex, al ser el experto en humor, fue capaz de entenderlo. "Sabes que 'enervante' significa que algo te pone nervioso. También es una referencia a Satchel, que está muerto y por lo tanto ya no tiene actividad nerviosa".

Shannon miró las líneas centrales. "Es evidente que ahí hay una referencia a 'Jack Be Nimble'".

Zelda miró el nombre que estaba escrito en la parte inferior de la nota. "¿Quién es Zachary Venshlin?"

Había reconocido ese nombre. "Satchel lo había mencionado en nuestra reunión; dijo que lo habían contratado recientemente en el bufete, y que Satchel le iba a enseñar cómo hacer las cosas. Pero eso es todo lo que sé de él".

Richard también parecía tener conocimientos sobre él. "Creo que Patrick había dicho algo sobre él; dijo que participaría en el próximo juicio. Puede que sustituya a Satchel como abogado defensor".

Fue entonces cuando leí las iniciales de cada línea y noté que decía VÁSQUEZ. "No crees que Venshlin esté detrás de todo esto, ¿verdad?"

Ninguno de los presentes supo qué decir.

La tranquilidad se vio interrumpida por unos sonidos intensos, aunque débiles, que reconocí como sirenas de bomberos.

De repente, vimos pasar a toda velocidad tres camiones de bomberos. Cuando miramos en la dirección en la que iban, vimos cómo se elevaba desde el centro de la ciudad una gran columna de humo.

Zelda subió al vehículo patrulla, y los otros tres la seguimos de cerca. Salimos a toda velocidad tras los camiones de bomberos para ver qué pasaba.

En cuestión de minutos, encontramos el origen del humo: la Academia de Derecho Wainwright del centro de la ciudad estaba en llamas. Había cerca de mil estudiantes y profesores reunidos fuera del edificio en llamas. Todos estaban aterrorizados observando el intenso humo que salía por las ventanas.

Me acerqué a un hombre que pensé que era el administrador de la escuela y le pregunté: "¿Qué está pasando aquí?".

"Un incendio se ha producido en la escuela". Su mirada me hizo pensar que se trataba de un incendio provocado.

"¿Sabe dónde se ha iniciado el fuego?". Saqué mi cuaderno para anotar los datos.

"Había un estudiante en el segundo piso del ala sur que informó que el fuego provenía de un armario".

Volteé a ver a las personas que rodeaban el ala sur para ver quién podría haber sido, y luego volví a mirar al administrador. "¿Sabe dónde están ahora mismo?".

Miró a su alrededor y señaló una fuente con treinta personas reunidas a su alrededor. "Es el de la chaqueta azul y la corbata roja".

Se había apagado la mayor parte del fuego, pero aún faltaba mucho por hacer. Me acerqué al hombre que me habían señalado.

Me miró y habló sin dudar. "¡Menos mal que está usted aquí! Alguien acaba de intentar destruir la escuela".

Zelda trató de calmarlo. "Señor, lo ayudaremos en lo que podamos; sólo díganos lo que vio".

Saqué mi cuaderno de notas. "El administrador dijo que usted fue la primera persona en darse cuenta del incendio, ¿es correcto?"

"Sí. Salí de mi aula en el ala sur para ir al baño. Los baños de la tercera planta estaban fuera de servicio, así que fui a la segunda planta. Al llegar al final de las escaleras, olí algo que se quemaba; y al acercarme a los baños, el olor aumentó. También empecé a oír un sonido de chispas y salían nubes de humo por debajo de la puerta del armario entre los baños.

"Intenté abrir la puerta, pero la manilla estaba demasiado caliente. Enseguida comprobé que había un incendio al otro lado de la puerta. Me apresuré a correr hacia la alarma de incendios más cercana y tiré de ella tan rápido como pude.

"Cuando todo el mundo salió del edificio, toda la segunda planta del ala sur estaba en llamas. Pude encontrar al administrador y le expliqué dónde se había iniciado el incendio. Los servicios de bomberos llegaron diez minutos después, seguidos por ustedes dos". Nos señaló a Zelda y a mí.

Anoté todo lo que me dijo. "Ya veo. ¿Hubo alguna actividad sospechosa antes del incendio?"

Negó con la cabeza. "Que yo sepa, no".

"¿Sabe si alguien más vio algo sospechoso en los minutos previos al incendio?"

"No, no lo sé".

Zelda se frotó la barbilla. "Probablemente deberíamos echar un vistazo al interior una vez que se haya apagado el fuego".

Cerré mi bloc de notas y miré lo que quedaba del edificio. "No parece haber demasiados daños estructurales en el edificio; no debería ser demasiado arriesgado investigar la escena".

Transcurrieron veinte minutos antes de que los bomberos se aseguraran de que todo el fuego había cesado y de que el edificio era seguro para que lo investigáramos. En ese momento, todo el mundo se había ido a casa, y muchas personas ya se habían marchado.

Zelda y yo nos acercamos al jefe de bomberos. "¿Es seguro entrar y buscar pistas?"

Asintió con la cabeza. "Adelante. Pero tengan mucho cuidado".

Equipados con linternas y guantes, Zelda y yo entramos en el edificio por la puerta trasera del área sur. La escena en el interior era muy triste.

No había luz, excepto la luz del sol que entraba por las ventanas. No había quemaduras en el primer piso, pero una fina niebla de humo acumulado llenaba el espacio cerrado. El suelo de cerámica estaba cubierto de finos restos de techo, y los relojes de las paredes marcaban las siete y veinte minutos.

En el segundo piso la situación era aún más aterradora. Las paredes habían sufrido daños, y el hormigón bajo el yeso era visible. Las tapas de los relojes estaban agrietadas, y las agujas estaban paradas a las siete y cinco minutos.

Y todo, quiero decir todo, estaba cubierto de una gruesa capa de carbón. Tan gruesa que se diría que era negra para empezar.

Un montón de cenizas cerca de los baños confirmó la historia que nos habían contado.

Al principio, no parecía que fuera un incendio provocado, ya que no había olores desagradables como los de la gasolina, el queroseno o cualquier cosa que un pirómano utilizaría para provocar un incendio. Cuando entramos en el armario, descubrimos algo aterrador. Se trataba de una figura humana atada a una tubería de agua. En su pecho había una placa de policía, que no había sido dañada por el fuego pero estaba cubierta de un montón de carbón. Quité el carbón de la placa con el pulgar y al ver de quien se trataba me quedé sin aliento.

La placa de policía confirmó que el cadáver era mi padre, Daniel Jack Vásquez.

CAPÍTULO IX

EL SEGUNDO ASESINATO

Zelda llamó inmediatamente por radio a la estación. "Aquí Zelda Thomson. Hemos encontrado un cadáver en la Academia de Derecho Wainwright. Necesitamos refuerzos". Suspiré y casualmente miré a mi derecha, donde vi una caja de acero.

La abrí y vi la portada de un libro. Estaba abierta en dirección a nosotros, y estaba claro que alguien había arrancado todas las páginas. El interior de la contraportada tenía una nota escrita con marcador rojo.

Frío primero, y calor ahora, ¿será este el final?
Infelizmente me temo que no, pues
Realmente la respuesta la tienes tú
Es fácil de encontrar con tu nueva obsesión
Bien, pero todavía queda un asunto sin terminar
Increíble, ya que debo esperar a que la búsqueda disminuya
Relee esto y pregúntate "¿Es posible?"
Dudas sobre lo que quieres saber

Le di la vuelta para ver el frente. En la portada decía "Manual de entrenamiento del Boeing 767- 200".

Zelda encontró un bulto blando de color púrpura encima del cadáver carbonizado, todavía caliente por el fuego.

Me giré para mirarlo. "¿Qué es?"

Zelda lo frotó con el dedo. “Parece que es cera”. Aquel hallazgo me dio que pensar.

Zelda leyó el poema de la portada del manual de vuelo y luego miró el exterior.

Mientras ella hacía esto, yo tomaba fotos del interior del armario. Casi no había esperanza de que fueran útiles, pero teníamos que hacer lo que correspondía. Además, tomé muestras para que Shannon las analizara y comprobara si el incendio fue provocado. Zelda empezó a preguntarse por la cubierta del manual de vuelo que había encontrado.

“Esto podría ser una prueba importante”.

Examiné lo que quedaba de la ropa de mi padre. Sólo había trozos de algo sobre la carne quemada, pero algunos de los trozos estaban más tostados que los otros. Esos restos no eran de carne ni de ropa; eran trozos de papel.

Le mostré los trozos a Zelda. “Creo que he descubierto qué ha pasado con todas las páginas del manual de entrenamiento”.

Zelda quedó perpleja. “¿De dónde sacaron exactamente un manual de entrenamiento para aviones?”

“No lo sé”. Miré el reloj en la muñeca de papá, que indicaba las 6:52 de la mañana.

“Entonces, ¿el incendio se produjo 13 minutos después de que se iniciara?”. “Eso parece”.

“Entonces, ¿cómo se produjo el incendio fuera del armario?” “Estamos aquí para investigar el asesinato, no el incendio.” “Bueno, encontramos el lugar donde se inició el fuego.”

De repente recordé algo. Saqué el poema que había encontrado fuera de la tienda y lo releí. “Debería haberlo sabido. Esto lo explica todo. Explica las circunstancias de la muerte de mi padre, dice explícitamente el nombre de mi padre y dice quién lo mató”.

Zelda notó mi ira. “Quizás te estás precipitando un poco, Johnson”.

No presté atención a sus palabras mientras apretaba la nota en mi puño. “Lo encontraré aunque sea lo último que haga”.

Estaba a punto de salir corriendo de lo que quedaba del edificio cuando aparecieron en la puerta tres de mis compañeros, entre ellos Rachel.

“Debí haber sabido que eras tú”. Me quedé perplejo. “¿Qué?”

"Creías que podías ocultar tus huellas tan fácilmente, ¿verdad? Bueno, tengo noticias para ti, tonto: eso no va a suceder".

"¿Qué clase de policía te crees que eres?"

Rachel sacó su bloc de notas y hojeó las páginas. "Hablé con tus amigos en el patio, y Rickey me contó tu teoría sobre cómo crees que fue asesinado Satchel. Dice que lo apuñalaron con un carámbano, ¿no es así?".

Respiré hondo. "El médico forense me explicó que un trozo del arma se rompió en el cuello de Satchel, y que había desaparecido cuando se examinó el cuerpo. Por eso, y por una broma de Alex, pude deducir que el arma era de hielo".

Rachel me miró con desconfianza. "Te conozco de toda la vida. Es imposible que hayas llegado a esa conclusión tan rápidamente a menos que tú hayas cometido el crimen".

"¡No lo hice!"

"¿Y qué hay de la nota que 'encontraste' en el restaurante al que fueron Satchel y tú? Pensé que tus huellas en esa nota no significaban nada. Bueno, ahora sé que fuiste tú quien la escribió".

"¿Cómo se me habría ocurrido algo así?" Estuve a punto de darle una bofetada, pero Zelda me agarró de la muñeca antes de que hiciera nada. "¿Y cómo es que terminaste aquí en el lugar donde tu padre murió mientras el incendio ocurría?"

"Oí por casualidad las sirenas y nos acercamos a ver qué pasaba".

"¿Y no es interesante que tu padre fuera un gran detective?" "Sí, estoy seguro de que fue asesinado para retrasar la investigación del

el asesinato de Satchel. Pero eso no significa que lo haya matado".

"No hay duda que la profesión de Danny lo hace un objetivo para cualquiera que busque cubrir sus huellas. Pero no mucha gente tiene los medios o el conocimiento para ir tras Danny, especialmente de esta manera. Y el momento en el que desapareció de su apartamento fue ayer por la noche".

"¿Y crees que soy el único que podría haberlo hecho?"

Se produjo una larga pausa, y entonces Rachel cambió de tema. "¿Puedo preguntar por qué no te quedaste en el club de teatro del instituto?"

Parecía una pregunta absurda (y probablemente con la intención de ser una especie de acusación), pero decidí responder de todos modos. "Sólo me dieron un papel en dos obras de teatro durante todo el tiempo que participé".

"Tuviste un papel en Diez Pequeños Guerreros, ¿verdad?" "Sí; tenía el papel de Anthony Marston".

"Y si no recuerdo mal, también habías actuado en Otelo, ¿no es así?" "Sí, lo hice. Terrence y yo interpretamos papeles en esa obra. Yo interpreté a Cassio,

y Terrence hizo de Iago".

"Yo diría que ustedes dos eran perfectos para los papeles. Su actuación fue impresionante; era como si estuvieran siendo sus propios personajes de la vida real en el escenario. De todos modos, estoy divagando".

"Entonces, ¿cuál es tu punto?"

"Parece que tienes talento para la actuación, ya que finges no tener nada que ver con esos crímenes que cometiste".

"¡No lo hice! Puedo decirte ahora mismo quién lo hizo". "Bien, entonces. ¿Quién es?"

Me acerqué a ella. "Zachary Venshlin".

Rachel se puso la mano en la barbilla. "Nunca he oído hablar de ese tipo. ¿Podrías darnos más detalles?"

"Todo lo que sé es que es un abogado penalista que trabaja en el bufete Landenberg".

"¿Y por qué sospechas de él en estos crímenes?"

Metí la mano en el bolsillo y saqué la nota que encontré antes de ir a Wainwright. "¿Te recuerda esto a algo?".

Rachel la miró y luego me miró a mí. "Hmm... parece que sí. Voy a ir a hablar con los profesores de Wainwright para ver qué saben del tal Venshlin y sus posibles motivos".

Guardé la nota en el bolsillo. "Haré que mis amigos y yo investiguemos este misterio y llegaremos al fondo de esto".

"De acuerdo, si así es como vas a proceder, me parece bien. Pero iré un paso por delante de ti, Detective Vásquez".

Después de salir del edificio quemado, nos reunimos con Alex, Richard y Shannon en nuestro vehículo.

"Entonces, ¿averiguaste dónde comenzó el incendio?" Shannon miró su reloj.

Zelda encendió el auto y comenzamos a conducir. "El padre de Johnson fue incinerado cerca de uno de los baños".

Richard se quedó sorprendido. "¿Hablas en serio?"

Respondí inmediatamente. "Sí. Lo ataron a una tubería de agua, lo rellenaron con las páginas de un manual de entrenamiento de aviones y luego lo quemaron vivo".

Todo esto me hizo sentir muy enfadado tanto por el asesinato de mi padre como por las amenazas de Rachel. "Y puedo decirte ahora mismo que la culpa es de..."

"Tranquilo, Johnson." Alex me dio una palmadita en el hombro. "No es necesario que te alteres".

Respiré profundamente varias veces. "Entonces, veamos si podemos descifrar lo que ocurrió en Wainwright".

Shannon revisó las muestras que habíamos recogido. "Bueno, hasta que no tengamos los resultados de la autopsia de tu padre, no tenemos forma de saber si murió en el incendio o antes".

Richard comenzó a pensar. "Entonces, ¿qué has encontrado?"

"Bueno, el fuego empezó en el armario donde habían encontrado el cadáver de papá. Zelda encontró lo que parecía ser cera encima del cuerpo, y su ropa estaba rellena de papel. También había una caja de acero con la tapa de un manual de entrenamiento de aviones al que le habían arrancado todas las páginas".

Shannon leyó el poema escrito en la portada interior que habíamos recogido, y por la forma en que reaccionó se diría que estaba caminando por un matadero.

Mientras leía, Richard habló. "Entonces, ¿por qué el asesino eligió Wainwright para matar a tu padre?"

"No lo sé. Tendremos que investigar un poco. Zelda, Shannon y yo hablaremos con el médico forense para averiguar qué le pasó a mi padre. Richard, tú intenta averiguar todo lo que puedas sobre Wainwright para ver qué relación, si es que hay alguna, tiene Venshlin con él. Y Alex, tú revisa todas las pruebas del asesinato de Satchel que tenemos hasta ahora".

Todos asumieron sus roles.

"Excelente. Vamos a trabajar, y nos reuniremos en la tienda de Alex esta noche".

CAPÍTULO X

RIVALIDAD POLICIAL

Pensé en lo que Rachel me dijo en Wainwright. "Estaré un paso por delante de ti, Detective Vásquez".

No tengo ni idea de lo que significa eso. Por la forma en que Rachel lo dijo, me pareció que se estaba burlando de mí por no ser un investigador oficial en los asesinatos.

Pero también es posible que tenga un punto a favor por el tipo de pruebas que podía recoger. No era un investigador oficial, así que no necesitaba una orden para buscar pruebas.

De alguna manera, sentía que había un tercer significado, pero no sabía muy bien cuál era.

El Dr. Suzuki estaba muy ocupado; le tocaba hacer un examen del cuerpo en busca de cualquier lesión anterior al incendio. Y Shannon estaba haciendo pruebas con muestras de sangre, además de tratar de determinar el origen del incendio.

"Entonces, ¿qué ha encontrado hasta ahora, Dr. Suzuki?" Pregunté.

"Bueno, no hay ninguna prueba que indique que se hubiera lesionado antes del incendio; lo único que puedo encontrar que existiera antes del incendio son una serie de marcas de roce alrededor de las muñecas y los tobillos".

"Entonces, eso significaría que estuvo luchando durante el tiempo que estuvo atado y cuando se inició el fuego". Zelda se sorprendió de la cantidad de cuerpos recuperados.

Shannon estaba examinando los materiales recuperados de la escena del crimen. "Es posible que sólo tuviera puestos unos calzoncillos y una camiseta blanca, lo que sugeriría que fue secuestrado la noche anterior al incendio".

"Sí. En cuanto tengamos los resultados de los análisis de sangre, podremos averiguar si estaba vivo o muerto en el momento del incendio".

Mientras esperábamos, examiné las radiografías tomadas antes por el Dr. Suzuki. El cuerpo estaba intacto, así que si había pruebas de lucha, podríamos encontrarlas.

Ninguna de las costillas mostraba signos de haber sufrido rasguños o fracturas, lo que indicaba que no había sido apuñalado o golpeado antes del incendio.

Las radiografías no mostraban signos de ningún traumatismo físico que pudiera haber ocurrido antes de la muerte.

Examiné la carne cortada que había escapado de las llamas. "Así que, a juzgar por el hecho de que no hay daños por el fuego donde estaban las ataduras, parece que estaban hechas de un material que no se quema fácilmente".

Zelda miró a Shannon. "¿Sabes si lo drogaron o envenenaron antes de llevarlo a Wainwright?".

"Tendremos que esperar a los resultados de los análisis de sangre; así podremos saber quién era la víctima, y si murió en el incendio, o si lo mataron previamente". Le entregué las radiografías al Dr. Suzuki. "Las rozaduras en las muñecas y los tobillos parecen un poco profundas para haber sido causadas al despertarse en el armario y forcejeando para soltarse".

"Es cierto. Y tendríamos que ver qué se había utilizado para atarlo".

Shannon examinó las cuerdas carbonizadas y se dio cuenta de que eran cables de extensión. El aislamiento exterior se había desprendido, dejando al descubierto los hilos metálicos que protegían los cables individuales envueltos en colores en el centro.

Shannon se dio cuenta de la naturaleza del daño. "Creo que el cable rozó algo. Podría haber sido una cremallera".

Zelda se apresuró a actuar. "Esperemos a tener todas las pruebas antes de intentar sacar conclusiones".

"Buena idea".

Fue entonces cuando llegaron los resultados. La prueba de ADN confirmó que el cuerpo carbonizado era efectivamente el de mi padre.

No había sustancias químicas anormales en la sangre, salvo una alta concentración de monóxido de carbono.

Y estoy hablando de una alta concentración. "Entonces, murió durante el incendio".

Shannon asintió. "Y no parece que haya sido drogado o envenenado antes".

"Entonces, quien lo mató debe conocer y haber sido capaz de someterlo lo suficiente como para atarlo".

"¿Pero en primer lugar, qué provocó el incendio?"

"Los demás probablemente nos estén esperando en la tienda de Alex; el resto de las pruebas tendrán que esperar hasta más tarde. Vayamos allí y veamos qué podemos averiguar".

"De acuerdo". Zelda volteó para dirigirse al doctor Suzuki. "Gracias por su tiempo".

"De nada".

En la tienda de Alex, los cinco compartimos la información que habíamos obtenido. "Entonces, Richard, ¿qué descubriste sobre la Academia de Derecho Wainwright?" "La academia de derecho se construyó en 1965, y fue inaugurada al público en agosto de ese año".

"¿Tienes alguna información sobre quiénes habían estudiado en Wainwright o si había algo para prevenir el incendio allí?"

"Hubo algunos estudiantes con informes de una figura misteriosa que entraba y salía de un callejón en el lado sur de la academia, pero nadie sabe quién podría ser, ni siquiera se sabe si las historias son verdaderas o falsas".

"Hm. ¿Qué hay de los alumnos y ex alumnos de allí?"

"La escuela era muy prestigiosa, por lo que era muy raro que los alumnos dejaran un legado en Wainwright. Pero hubo uno que destacó como un estudiante dedicado". Richard miró una nota que tenía. "Ah, aquí está. Zachary Venshlin".

Me sorprendió saber que alguien de quien sospechaba que había manipulado casos judiciales y matado a dos personas había sido un estudiante sobresaliente en Wainwright.

Volteé hacia Shannon. "Oye, Shannon, ¿terminaste con esos exámenes?".

Ella parecía mostrar cierto recelo ante el hecho de que Richard hablara de la historia del callejón detrás de Wainwright. Pero nos guió hasta el puesto de bebidas donde había realizado las pruebas en una farmacia improvisada.

"Bueno, había trozos de cera, eso está claro. También había pequeños trozos de mecha de vela. De ahí deduje que podía ser cera de vela o algo por el estilo".

Pensé en esto. "Hmm... así que parece que a Venshlin se le cayó una vela encima de mi padre, que luego inició el fuego. Si ese es el caso, sus huellas dactilares debieron fundirse con la cera y quemarse con el material que había en el armario, ocultando así las pruebas."

Alex estaba al tanto de lo que pasaba. "Supongo que el plan era una tarea fácil, ¿no?"

"Sí", continuó Shannon, ignorando que Alex estaba bromeando. "Y a juzgar por el hecho de que no había ningún producto químico incendiario presente, parece que Venshlin no tenía intención de incendiar Wainwright".

"Todas las pruebas estarían en el armario, y lo único que recuperamos fue un manual de entrenamiento de aviones con todas las páginas arrancadas y un mensaje escrito en el interior".

Presenté los hallazgos del Dr. Suzuki en la mesa de cartas cerca del escenario de ensayo. Alex sirvió bebidas (se hicieron con más cuidado para evitar que se repitiera lo del 22 de agosto) mientras todos se reunían para discutir los descubrimientos de Alex.

"Entonces, hemos determinado que mi padre estaba vivo cuando comenzó el incendio, y que lo habían llevado a Wainwright durante la madrugada".

Alex estudió el informe de la autopsia. "No crees que lo metieron en un saco de dormir o algo así, ¿verdad?".

Zelda movió suavemente su copa en círculos. "¿Por qué dices eso, Alex?".

"Los cables de extensión que se encontraron alrededor de sus muñecas muestran signos de haber rozado una cremallera; como sólo llevaba calzoncillos y una camiseta, no tenía una cremallera en ninguna parte del cuerpo. Eso indicaría que lo metieron en una bolsa, quizá un saco de dormir, después de atarlo".

Shannon revisó las pruebas de los materiales recuperados. "Un saco de dormir suele estar hecho de poliéster. Y las pruebas muestran que el poliéster estaba presente en el armario en el momento del incendio".

"El poliéster también se utiliza en la ropa, que estoy seguro de que papá llevaba en el momento en que comenzó el fuego".

"No recuerdo que llevara mucho material aparte del algodón; es cierto que lleva chaqueta y corbata durante el trabajo, pero es lo único que lleva que no es de algodón".

"La noche anterior al incendio había hablado con él sobre mi teoría del puñal de carámbano, y no llevaba ninguna de las dos cosas".

"Además, había demasiado poliéster para explicar incluso eso. Definitivamente estaba en un saco de dormir con cremallera de metal. Sin embargo, todavía no entiendo quién lo mató".

"Tendremos que esperar y ver". Reuní a todos para regresar a nuestras casas. "Espero que tengamos respuestas muy pronto".

Así pasaron cuatro meses, y no se encontraron nuevas pruebas en ninguno de los dos asesinatos. Rachel llevó a cabo una investigación en nombre de la policía, pero rápidamente quedó claro que estaba tratando de incriminarme.

Con el paso del tiempo, los acontecimientos fueron transcurriendo lo más parecido a la normalidad que permitían las circunstancias.

El juicio por asesinato de William York comenzó el 23 de octubre. Parecía un juicio normal, pero el abogado de William era Zachary Venshlin. Tenía razones para creer que el veredicto no sería el que debía ser.

En noviembre cumplí 27 años. Shannon, Zelda y yo almorzamos en un restaurante tailandés, y luego Alex, Richard y yo nos reunimos para cenar bistec y costillas. El resto del día fue normal.

Cuando llegaron las Navidades (o Hanukkah en el caso de Shannon y Zelda), lo único que demostraba que los asesinatos ya habían ocurrido era el hecho de que papá no estaba. Normalmente, nos llevaba a las cinco a comprar regalos durante la primera semana de diciembre, pero con él muerto, todos nos compramos bufandas negras.

Finalmente, el tercer día de marzo, el juicio por asesinato de William York finalizó. Como predije, el juicio terminó con un veredicto de "no culpable" para William York.

CAPÍTULO XI

LA HISTORIA DE RICHARD

Hola, soy Richard Ralston. Sólo quería escribir una historia corta para añadirla a la novela que Johnson está escribiendo. Si quieres, puedes saltarte este capítulo y seguir leyendo, pero te recomiendo que te quedes a leerlo (especialmente si lo estás leyendo para una clase o algo así). Por favor, ten en cuenta que lo que vas a leer es de naturaleza gráfica no apta para el público joven; se recomienda la discreción del lector. A petición de Zelda y Johnson, algunos detalles han sido modificados para minimizar el lenguaje.

Lo primero de lo que quiero hablar es de lo mucho que odio vivir sometido a la autoridad de otra persona. Por la forma en que trabajan esos valientes que controlan la sociedad, uno pensaría que sólo se preocupan por hacerse felices a sí mismos y que no les importa nada el resto de la gente del mundo.

Otra cosa que odio son las altas expectativas de casi todas las personas importantes de la vida. En serio, de todas las personas a las que no puedes complacer, ¿tienen que ser las personas a las que tienes que complacer?

La vida que llevo es una vida acelerada. Hay gente que conocí que tiene el deseo de vivir así. Pero todos tienen obstáculos que les impiden llevar a cabo ese deseo. Johnson piensa demasiado en las consecuencias, y Rachel no piensa lo suficiente. Hay que encontrar el equilibrio perfecto.

Desde que era un niño, he querido vivir la vida según mis propios criterios y me importaba poco lo que pensaran los demás. Pero a medida que crecía, mis amigos, mis padres y mi hermano me decían que no sería capaz de hacerlo.

A pesar de lo que decían, siempre he intentado que el mundo se adapte a mis deseos. Como es de suponer, esto me ha llevado a menudo a pasar momentos incómodos, ya sea escribiendo trabajos para el colegio o viendo una película o todo ese tipo de cosas. En cualquier caso, mis amigos y yo apenas hemos hablado de esos incidentes.

Lo más frustrante fue cuando intenté sacarme el permiso de conducir. Tuve que repetir el examen de conducir doce veces porque reprobé la prueba de maniobrabilidad.

Y sí, sé que existe el viejo dicho "Puedes ser feliz ahora o puedes serlo después, pero no puedes tener las dos cosas". La mayoría de la gente elegiría ser feliz después, pero eso es porque a la mayoría de la gente no le ha destrozado la vida un accidente de avión.

Como seguro que ya sabes, Johnson y su familia sufrieron el accidente del vuelo 934 de Las Aerolíneas Firebirds, en el que murió su hermano. Y sabe que el mecánico que revisó el avión antes del accidente asumió la culpa del error de la aerolínea.

Entonces supe que nunca sabremos cuando todo acabará, y que hay que aprovechar lo que se tiene. Si esperan a ser felices hasta mañana, nunca lo serán del todo porque no habrá un mañana.

Podría seguir divagando sobre lo mucho que me frustraron los acontecimientos de aquel accidente, pero Johnson me pidió que sea lo más breve posible.

Como nadie ha explicado el juicio de Las Aerolíneas Firebirds, yo me encargaré de hacerlo.

La hermana de mi novia, Zelda, siguió a la NTSB en su investigación del accidente. También se enteró por el director general de Firebird de que la aerolínea tenía un historial de incidentes provocados por un mal mantenimiento.

Envió la información a los periódicos y fue noticia de primera plana en todo el país.

Mientras leía el artículo del Enquirer sobre el descubrimiento de Zelda, las noticias mostraban a muchos familiares y amigos afligidos que habían presentado una demanda contra Las Aerolíneas Firebirds. Pensaba en lo mal que la estaba pasando Las Aerolíneas Firebirds, y que no había esperanza de que salieran de este problema.

Pero lo que ocurrió al final fue agridulce, ya que me hizo reevaluar mi vida, pero me entristeció que no se hiciera justicia.

Rachel Dinesen era mi novia en el instituto. Tenía las mismas tendencias rebeldes que yo, y me di cuenta de que quería que nuestra relación fuera duradera. Para demostrar lo mucho que me quería, cantó una canción en el baile de graduación que hizo que mis compañeros se burlaran de mí durante un mes. Por supuesto, pude vivir con ello por el momento.

Solíamos salir en el instituto, cuando yo era más rebelde que ahora. Escuchaba canciones que podrían haber hecho que la expulsaran, tenía tatuajes y piercings; nunca se hubiera imaginado que pudiera entrar en el cuerpo de policía.

Zelda me dijo que Rachel era una mala influencia y que debía terminar con ella. Ahora, Zelda y yo hemos discutido mucho, sobre todo porque tenemos opiniones diferentes sobre lo que pensamos.

Zelda se toma todo demasiado en serio y siempre sigue las reglas. Tiendo a creer que se debe a que es judía (aunque no tengo nada en contra de los judíos; de hecho, no entiendo por qué existe el antisemitismo), aunque afirma que aprendió de los errores de otras personas en lugar de cometer sus propios errores.

Aunque esté relajada y en casa, sigue vistiendo su uniforme de policía y no navega por Internet, por lo que se siente satisfecha con la vida.

En mi opinión, la vida debería consistir en divertirse al máximo. Y a menudo creo que con las grandes expectativas de la vida, una imagen satisfactoria se antepone a una personalidad honesta. Así que, aunque puedo disfrutar de un trabajo satisfactorio como jugador de béisbol profesional, creo que uno no debería tener que conformarse con los demás sólo porque "es lo correcto".

Pero aunque no me gustan las reglas estrictas, sigo las reglas hasta cierto punto. Lo único que me molesta es adaptarme a las expectativas.

Cuando estaba en la universidad, la semana después del juicio de Las Aerolíneas Firebirds, rompí con Rachel.

Estaba en mi clase de física viendo una presentación de otro estudiante; estaba dando una conferencia sobre cómo un avión podía perder el morro en vuelo y luego volar hacia arriba durante unos segundos más antes de caer en picado a la Tierra. Shannon también estaba presente, pero tenía dificultades para concentrarse.

Le escribí una nota en secreto. "Hola, Shannon. ¿Te encuentras bien?"

Escribió una larga nota para explicar lo sucedido en el juicio por la demanda de Las Aerolíneas Firebirds, que resultó en un veredicto de "no culpable" a favor de Las Aerolíneas Firebirds.

El representante de Las Aerolíneas Firebirds era Harold Satchel. Era el abogado defensor más legendario de todo el estado de Ohio. Pero con él representando a una aerolínea tan peligrosa, perfectamente podría haber estado envuelto en algo también.

Uno pensaría que con el informe tan minucioso de Zelda en el periódico, el caso habría quedado resuelto en menos de 30 segundos.

Pero Zelda no se dio cuenta de que las pruebas se obtuvieron como parte de la investigación criminal sin una orden judicial. Por lo tanto, eran inútiles.

Además, la cinta del ATC con el mensaje de socorro posterior al accidente, que no se mencionaba en el informe de Zelda, contenía pruebas que confirmaban que la causa del accidente era un mal mantenimiento.

El mecánico que supervisó los trabajos de mantenimiento admitió haber puesto un remache doblado en la aleta a pesar de saber que no estaba en condiciones de hacerlo. Fue declarado culpable de negligencia y fue despedido al día siguiente.

Rachel vino a mi dormitorio al día siguiente para darme un regalo de cumpleaños. Siempre me hacía un regalo cada año como muestra de nuestra relación de novios; mi cumpleaños "se celebraba" una vez cada cuatro años. En realidad, mi cumpleaños no "se celebró" ese año en particular.

Le conté lo del accidente al día siguiente de que ocurriera, y se burló en mi cara; pensó que era un montaje publicitario, ya que los daños del avión no afectaron la radio.

Shannon estaba destrozada porque Terrence no sobrevivió al accidente, pero esa noticia hizo que Rachel se riera aún más.

Además, también podría haber sido Alex cuando mencioné el resultado del juicio posterior.

Con eso, tiré el regalo sin abrir por la ventana de mi dormitorio y la eché por la puerta.

"Debería haber escuchado a Zelda". Con eso, le cerré la puerta en la cara.

Todavía no me he arrepentido de mi decisión de empezar a salir con Shannon. He estado a su lado en los momentos difíciles, y ella me ha ayudado a controlar mis emociones.

Al final descubrí que dejar a Rachel y salir con Shannon le había salvado la vida; estuvo a punto de suicidarse por la muerte de Terrence. Pude motivarla para que valorara su propia vida y no se dejara vencer por la dura realidad de la vida.

A Rachel le irritó mucho que la dejara por su insensibilidad ante el vuelo 934 de Las Aerolíneas Firebirds. Esperaba que empezara a llamarme "idiota " después, pero siguió llamándome "Rickey" en referencia a lo ocurrido en el baile de graduación.

Pero sostuve mi decisión de dejarla. Si se iba a reír de que otras personas sufrieran o murieran, entonces jamás estaría con ella. Estoy seguro de que Shannon estaba agradecida por mi decisión de dejar a Rachel y aceptar estar con ella.

Me sorprende que Johnson no se haya enterado del problema de Rachel sino después del incendio de Wainwright.

CAPÍTULO XII

PRUEBA DEL ERROR

Nadie estaba preparado para el veredicto que se dio en el juicio.

"¿Cómo es que William fue declarado inocente?" Patrick tiró de las solapas de su chaqueta y se sentó en la cabina de la cafetería cercana.

Me senté junto a Shannon y Zelda. "Yo diría que su abogado sustituto fue la razón".

Richard se sentó junto a su hermano, y luego Alex. "¿Eso crees?" "Bueno, sí. Tengo motivos suficientes para sospechar de él por los asesinatos de

Satchel y de mi padre. Y por la forma en que se las arregló para que su cliente fuera absuelto, es posible que tenga algo que ver con todos los casos judiciales anteriores."

Shannon levantó la vista del menú. "¿Alguien más tuvo esa sensación de temor al mirarlo?"

Alex se ajustó las gafas. "¿Qué quieres decir?"

"Bueno, su cara estaba muy tensa, y sus cejas eran gruesas, y ese pelo negro parecía caer hacia los lados. Además, su ropa parecía ser de algún tono de rojo".

"¿Quieres decir que no eran marrones?"

"Se podría pensar que eran marrones, pero estoy segura de que eran rojas".

Zelda recordó la imagen de Venshlin en la sala. "Sí. Y por la forma en que caminaba, se diría que había semillas de sicomoro en su zapato izquierdo".

Busqué la nota que encontramos en el apartamento. "Bueno, la nota menciona una fractura en la canilla".

Fue entonces cuando la camarera se acercó. "¿Están listos para pedir?"

Todos hicieron su pedido, y después de que la camarera se fuera, volvimos a conversar.

Shannon se pasó los dedos por su pelo rubio. "Es especialmente inquietante que el abogado defensor fuera casi exactamente lo contrario que el fiscal".

"Sí". Alex se arregló la corbata de lazo. "El señor McCrery es probablemente lo suficientemente mayor como para ser el padre de Venshlin".

La camarera volvió con nuestras bebidas. "Su comida estará lista muy pronto".

Tomé un sorbo de mi chocolate caliente. "Sí, la espesa barba de McCrery, su pelo gris y sus dedos retorcidos..."

"Y su acento holandés". Patrick estaba agitando su café. "Eso fue lo que me llamó la atención".

"¿Y el juez Hershel? Tenía la impresión de haber conocido a William antes del juicio".

"¿Por qué dices eso, Johnson?"

"Normalmente, se supone que los jueces observan el caso desde un punto de vista completamente objetivo; el juez Hershel parecía mostrar una señal de haber hecho algo contra William en el pasado".

Richard quitó la cereza de la parte superior de su batido. "¿Es por eso que William York fue declarado inocente?"

Zelda se frotó la barbilla. "No, había dos teorías sobre por qué la bolsa de aire terminó en el microondas. La primera era que William había tratado de matar a su padre para cobrar una indemnización del seguro".

"Scott me había dicho que William había sido despedido hace unos años". Patrick tomó una crema del platillo. "Estaba allí para reescribir la póliza de Scott antes de que William pudiera matarlo por el dinero".

Alex tomó un trago de su bebida. "Venshlin afirmaba que el propio Scott había querido matar a su hijo por miedo a que se produjera exactamente ese caso, pero al hacerlo, había permitido involuntariamente que ocurriera lo contrario sin que William supiera lo que había pasado."

"Ambas partes tenían argumentos convincentes", Shannon dibujó líneas en las gotas de agua de su vaso, "y las pruebas apuntaban en ambas direcciones. No pudieron demostrar qué tipo de guantes se usaron para quitar la bolsa de aire del vehículo".

"Supongo que por eso tuvieron que llamar a un psicólogo para resolver el conflicto". Alex soltó una carcajada casi imperceptible.

Richard introdujo la pajita en su batido. "Creo que tuvo que ver con algo que dijo Venshlin en la sala".

Patrick recordaba las palabras del abogado al pie de la letra, y habló en un tono que denotaba cierta autoridad. "'Si uno debe vivir, debe aprender. Si uno debe aprender, debe estar dispuesto a progresar en cualquier momento. De lo contrario, estarán siempre cegados por la luz que se niegan a ver".

Sacudí la cabeza. "Así que consiguió influir en el jurado alegando que la conclusión de que William York había sido el causante de la muerte de su padre era demasiado fácil de alcanzar".

"Sí." Alex se encogió de hombros. "Imagina que alguien hubiera hecho esa afirmación sobre el vuelo 1771 de la PSA".

"¿Puedes, por favor, no mencionar eso?" Shannon se quejó. "Oh, claro. Olvidé que tu abuelo estaba en ese vuelo".

"¿Cómo pudiste olvidarlo? Era la víctima prevista de ese accidente, ¡por el amor de Dios!"

La camarera vino con nuestras comidas y nos puso cada uno de los platos delante de cada uno de nosotros seis.

En seguida volví a centrar la conversación en el tema. "Entonces, Patrick, ¿cómo llegó la bolsa de aire al microondas?"

Patrick tomó un sorbo de su café. "Bueno, cuando llegué a la casa de los York, William y su padre Scott estaban allí. Yo estaba allí, tal y como sabes, para reescribir la póliza de seguro de Scott para que William York no fuera el beneficiario."

"¿Por qué?"

"William había fue despedido hace años, y Scott sospechaba que William intentaría matarlo para cobrar su seguro. Quería que su póliza de seguro de vida se reescribiera para beneficiar al hermano de William, Michael, antes de que William intentara matarlo."

"Entonces, ¿qué pasó después de que llegaras?"

"Scott y yo nos sentamos en la mesa del comedor para comenzar la reescritura. Mientras lo hacíamos, William fue a la cocina para, según dijo, buscar algo para comer".

" ¿Y qué estaba haciendo en realidad?"

"Fue a la nevera a buscar lo que Scott y yo pensamos que era una bandeja de sobras de lasaña. En realidad, era una bolsa de aire, que William había sacado de su vehículo y que había disfrazado como una bandeja de lasaña."

"¿Qué pasó después?"

"William metió la bolsa de aire en el microondas, lo encendió y se dirigió de nuevo a la nevera para poder usar la puerta como escudo ante la explosión que se produjo. Las esquirlas volaron hacia mí y hacia Scott a gran velocidad. Scott fue alcanzado y murió, pero yo no sufrí ningún daño".

"¿Qué hizo William después?"

"Miró alrededor de la puerta de la nevera para ver el daño que había causado. Ambos vimos una bolsa de aire extendida que colgaba de la pieza de metal hueca que solía ser un microondas, rodeado de un fino polvo blanco. Salí corriendo por la puerta trasera antes de que William pudiera hacer algo más".

"William admitió que el trabajo del que fue despedido era el de mecánico. Eso le daría la experiencia para quitar una bolsa de aire de un automóvil".

"Sí, pero Venshlin dijo que Scott le pidió a William que quitara la bolsa de aire. Como Scott está muerto, y el único que podía confirmar esa afirmación era William (que lo hizo), no había ninguna respuesta firme sobre si eso era cierto o no."

"Sobre todo porque había dos teorías opuestas, pero igualmente respaldables, sobre cómo fue asesinado Scott".

Alex comió un bocado de su tortilla de queso. "¿Alguien cree que Scott hubiera estado tan asustado como para haber intentado matar a su hijo por paranoia?".

Richard apretó su sándwich. "Sé que eso no podría haber ocurrido".

Me limité a mezclar lentamente mi sopa. "Bueno, si Venshlin no hubiera presentado un argumento tan convincente, el jurado seguramente no habría llegado a la decisión que tomó".

Zelda juntó los dedos. “Venshlin argumentó que el seguro de vida era un motivo común para el asesinato”.

Patrick afirmó con la cabeza. “Esa parece ser una práctica bastante común, asesinatos cometidos por miembros de la familia sometidos a una gran tensión financiera. Y seguramente, William estaba bajo esa gran tensión financiera”.

Richard pasó su cuchillo a través de su filete haciendo un corte limpio. “Eso es ciertamente suficiente motivo para que William haya matado a su padre”.

“Venshlin dice que esa mentalidad fue la que llevó a Scott a creer que tenía que matar a William para salvar su propia vida”.

Richard me miró fijamente. “¿Por qué estás presentando argumentos para la defensa? Sabes que esa historia de Charlie no es más que un montón de mentiras de Mike”.

Shannon tomó su muñeca. “¡No permitiré que hables así, Richard!”

Alex se giró hacia la camarera. “La cuenta, por favor”.

Zelda y yo sacamos cajas para nuestras comidas y salimos hacia la patrulla, dejando a Richard y Shannon solos en la mesa.

Fuera, los tres habíamos tenido una breve discusión.

“Tengo que averiguar más sobre ese tal Venshlin”.

“Bueno, no sabemos dónde está o dónde podría estar en este momento”. “Lo único que sabemos con seguridad es que ha estudiado en la Academia de Derecho Wainwright. Pero no podemos ir allí a investigar; ese lugar todavía está siendo reparado desde el incendio que se produjo allí en octubre”.

En ese momento me vino a la mente un recuerdo. “Oye, espera un segundo. Acabo de recordar algo”.

Zelda me miró. “¿Si? ¿Qué es?”

“Durante mi reunión con Satchel, mencionó que Venshlin había sido contratado en el bufete de abogados el día anterior”.

Alex asintió. “Supongo que eso explica cómo se las arregló para ser elegido como abogado de William tan rápidamente”.

“Eso quiere decir que ya tiene su propio despacho en Landenberg. Voy a echar un vistazo allí esta tarde”.

“De acuerdo.” Alex entró en su camioneta. “Buena suerte”.

Alex se quedó esperando a Richard y Shannon, y Zelda y yo nos fuimos.

Luego, mientras nos alejábamos de la cafetería, otro recuerdo cruzó mi mente. "Espera... Venshlin había sido elegido para el caso como nueva contratación".

"¿Qué quieres decir?"

"Hay algo que no cuadra. En primer lugar, ¿por qué William eligió a un abogado sin ninguna experiencia? ¿Y cómo consiguió dicho abogado ganar el caso?"

"Probablemente ya tengas la respuesta a la segunda pregunta; aunque no parece que tuviera tiempo de estudiar el caso entre el asesinato de Satchel y el inicio del juicio".

"A no ser que... ¿lograra manipular los acontecimientos para que él representara a William?"

CAPÍTULO XIII

ZACHARY VENSHLIN

Cuando encontré la oficina de Venshlin, era igual a lo que uno espera que sea la oficina de un abogado. Los papeles y los expedientes estaban perfectamente ordenados, y se notaba que llevaban aquí unos cuantos meses. Y en la pared, junto a la ventana, había un diploma de la Academia de Derecho Wainwright en un marco de madera de cerezo teñido.

Venshlin no estaba en la oficina, así que decidí arriesgarme y buscar pistas en el despacho. Como era un "detective privado", no sentí la necesidad de una orden de registro, ya que no era un investigador "oficial".

Abrí el cajón superior del escritorio de Venshlin y encontré unos objetos muy peculiares. Había pequeñas bolsas de plástico con cristales de azúcar verdes y naranjas, y un pequeño kit de maquillaje. También encontré un frasco de esmalte de uñas, un quitaesmalte, un rizador de pelo y algunas cintas para el cabello.

Si esto no era Weirdsville, no sabía qué era.

El archivador también tenía información interesante. Había casos judiciales que se notaba que Venshlin había leído y estudiado minuciosamente. Los párrafos y las frases estaban resaltados y subrayados, y se habían escrito notas en los márgenes de las páginas de cada informe.

Por alguna razón, tenía la idea de haber visto esa letra en alguna parte.

Había un informe en particular que parecía ser muy interesante para Venshlin. Era un informe sobre el juicio de Las Aerolíneas Firebirds. Ahora, había una posible pista.

Podía ver que Venshlin estaba examinando los errores del juicio sobre el vuelo 934. Había escrito notas sobre pruebas que contribuyeron al resultado final, siendo la más interesante la llamada que hice para pedir ayuda desde el avión estrellado al control de tráfico aéreo.

Pero había otra cuestión que planteaba el informe. ¿Por qué Venshlin estaría estudiando este caso en particular?

Venshlin seguía conectado a la computadora, y vi que había estado escribiendo un informe de investigación sobre los abogados involucrados en el juicio del Firebird, así como otros que siguieron.

Había una nota sobre el mecánico que supervisó el mantenimiento realizado en el avión antes del accidente. (El nombre había sido tachado.) Había recurrido a la NTSB para recuperar su licencia, pero no lo consiguió.

Imprimí una copia de este documento para mí y volví al archivador.

Ya sospechaba que Venshlin había matado a mi padre. Ahora lo sabía con certeza. También tenía razones para sospechar que estaba saboteando estos casos judiciales. Ahora tenía que averiguar por qué.

Al buscar en los archivos, pude ver que había un montón de expedientes sobre cada uno de los juicios fallidos. Al investigar más, pude ver que Satchel había servido en varios de estos juicios fallidos.

Y Satchel había servido como abogado defensor en el juicio de Las Aerolíneas Firebirds. Me pareció un descubrimiento en esa misma oficina.

Y a juzgar por la muerte de papá, era evidente que Venshlin estaba al tanto de lo buen detective que era mi padre.

Fue entonces cuando recordé el poema que había encontrado en Wainwright. "¿Será este el final? Infelizmente me temo que no [...] Bien, pero aún queda un asunto sin terminar / Increíble, ya que debo esperar a que la búsqueda disminuya"

Me di cuenta de que la historia estaba lejos de terminar. Necesitaba saber cuál era el siguiente capítulo.

Tomé el documento que había imprimido y una nota salió del paquete y cayó al suelo. La recogí y la abrí.

Y para mi sorpresa había otro poema.

Has tenido suficiente, ¿no? ¡Ja! Todavía no he terminado
En este momento, no he terminado contigo
Realmente puedes estar seguro de que el juicio se acerca

Solo recuerda lo que dije
Horror y miedo
En cada esquina
Luego de saber que tu vida está llegando a su fin

10, 26, 5, 7, 15, 20, 28

La nota me hizo preguntarme si Venshlin predijo que yo iría a su oficina a investigar. Pero ahora sabía que estaba involucrado personalmente.

Doblé la nota y la puse junto a las otras dos que tenía. Luego anoté todo lo que había encontrado en mi cuaderno de notas, tomé algunas de las bolsas de cristales del cajón del escritorio y reuní todos los documentos que encontré en una pila ordenada. Luego lo metí todo en bolsas de plástico y me dirigí al metro para informar a los demás lo que había encontrado.

Cuando llegué a la estación, vi a varias personas saliendo del túnel del tren. Algunos estaban malhumorados, pero otros parecían haber sentido miedo. Unos pocos hablaban con la policía de la estación.

De nuevo, mi insoportable curiosidad me llevó hasta la multitud que salía del pasillo lateral. Mientras caminaba hacia ellos, conté las personas que había en el andén: 104 en total.

"Oye, ¿qué está pasando aquí?"

Una mujer joven se acercó a mí. "Hay un tren que se ha quedado atascado en ese túnel. Nos han dicho que nos bajemos y que vayamos por la pasarela hasta la estación".

Me rasqué la oreja. "¿Qué ha pasado?"

"El tren debió de chocar con algo y se quedó atascado en uno de los ejes. Al menos, eso es lo que creo que pasó".

"Mmm. ¿El tren sigue ahí?" "Sí, está".

"Voy a echarle un vistazo". Fui hasta la pasarela que recorre la vía y me dirigí por el túnel hacia el tren.

Tras unos cuarenta minutos a pie, vi el tren. El túnel estaba demasiado oscuro como para poder ver algo; la única luz provenía del interior del tren. Esa luz no se proyectaba sobre las vías en las que estaba el tren, así que tuve que utilizar mi linterna para ver qué había causado que el tren se detuviera.

Cuando la encendí, me dieron ganas de volver a apagarla.

Había un largo rastro de sangre que recorría la vía. Por el rastro, pude deducir que el tren se estaba alejando de la estación de la que yo venía cuando atropelló a alguien.

Seguí el rastro lejos del tren y descubrí que terminaba a unos 12 metros de la parte trasera del mismo. Me di cuenta de que el tren iba bastante rápido en el momento del impacto.

También había una abolladura con sangre en el tercer carril, lo que indicaba que la víctima había saltado de la pasarela o había sido empujada. Si hubieran chocado con el tercer raíl, se habrían electrocutado casi instantáneamente. Por lo tanto, no podían estar vivos cuando fueron golpeados.

Me bajé a la vía para examinar los bajos del tren, con cuidado de no pisar la sangre que había en el cemento. Según lo que pude ver desde esa posición, la parte trasera del tren estaba completamente intacta. Me di cuenta de que no habían frenado, y desde ese ángulo no vi ningún daño que pudiera haber causado que el tren se detuviera.

Fotografié los patrones de sangre cerca de la abolladura en el tercer riel y el estado de la parte trasera del tren, subí de nuevo a la pasarela y bajé por la misma para probar el otro extremo del tren.

Mientras caminaba por el lado del tren, pude ver que la zona de pasajeros de los ocho vagones del tren parecía estar perfectamente intacta. Pero por lo que me dijeron, el tren de aterrizaje debió sufrir daños suficientes como para detener el tren. Midiendo con el pie la longitud de uno de los vagones, comprobé que la longitud de cada vagón era de 6 metros.

Así que, desde el momento en que el tren chocó con la estructura en la vía, los daños frenaron el tren hasta detenerlo en una longitud de 200 pies de la vía. Tendría que calcular el peso del tren para determinar la velocidad a la que se movía cuando ocurrió el accidente.

Me acerqué a la parte delantera del tren esperándome lo peor.

En la parte delantera del tren, no había ningún daño en los parachoques delanteros. Por lo tanto, la persona que fue atropellada no estaba de pie en el momento del impacto.

Bajé a la vía para examinar la parte inferior del tren. Los ejes y los frenos de este extremo del tren estaban destrozados. Había trozos de carne y otros materiales ensangrentados en el metal deformado; el estado de los daños habría impedido que el tren siguiera avanzando. Empecé a tomar fotos de los daños.

Este hallazgo, así como el testimonio de los testigos antes de entrar en el túnel, me llevó a la conclusión de que algo (o alguien) fue golpeado por el tren.

Basándome en la presencia de lo que parecía ser tejido humano, parecía que era alguien.

En ese momento me surgió una pregunta.

¿Cómo llegaron aquí en primer lugar? No podían estar a bordo del tren, o éste no se habría detenido. Y si intentaban suicidarse, ¿por qué dar un largo paseo por el túnel antes de saltar a la vía? La salida de emergencia cerca del inicio del rastro de sangre no podía ser utilizada por cualquiera. Y no saltaron mientras el tren entraba por el túnel, ya que no había ningún daño en los topes del tren, así como un gran charco de sangre bajo el tercer carril. La única forma de que hubieran acabado aquí era que los hubieran llevado a la fuerza. Comprendí que sólo existía una cosa que podía haber provocado esto.

Esto no fue un accidente; fue un asesinato.

Y por el poema que encontré en el despacho de Venshlin, supe exactamente quién fue y quién lo mató.

CAPÍTULO XIV

EL TERCER ASESINATO

Corrí hacia el túnel en dirección a la estación a la que me dirigía antes del espantoso descubrimiento. Temía por mi vida y al mismo tiempo estaba ansioso por compartir lo que había descubierto con los demás miembros del grupo.

Estaba agotado después de una hora de correr. Cuando llegué a la estación, pude ver a Rachel y a su equipo dirigiéndose al túnel del que yo había salido. Me vio y corrió en mi dirección.

“Bueno, bueno, bueno, ¿qué te trae por aquí esta noche, Detective Privado Vásquez?” “Hubo un tercer asesinato”.

“Oh, también has oído el rumor, ¿eh?”

“Es cierto. Si estás dispuesto a recorrer el largo camino por el túnel, adelante”.

“¿Qué quieres decir?”

“El juez Hershel fue arrojado a las vías y fue arrollado por un tren”.

“¿Te refieres al juez que presidió el juicio por asesinato ayer?” “Sí, fue él”.

“¿Y cómo lo sabes?”

“Hoy mismo he investigado en el bufete de abogados y he encontrado un sospechoso de esos crímenes”.

“¿Sí? ¿Quién?” “Zachary Venshlin”.

Rachel sabía de quién estaba hablando. “¿No era él el abogado defensor de ese juicio?”

"Sí, lo era. Tengo buenas razones para creer que también fue él quien hizo de las suyas con el sistema de justicia".

"¿No me digas? Entonces, ¿qué averiguaste sobre tu amigo Zachary Venshlin?".

Carraspeé. "Encontré información valiosa sobre sus antecedentes. Se graduó en la Academia de Derecho Wainwright el año pasado y aceptó un trabajo en el bufete Landenberg hace cuatro meses. Ayer participó en su primer juicio defendiendo a William York.

"Por lo que descubrí, él parecía estar estudiando casos judiciales desde el juicio de Las Aerolíneas Firebirds. Te acuerdas de eso, ¿verdad?"

Se echó a reír. "Sí, lo recuerdo. Me sorprende lo mal que terminó ese caso".

"Sí. En fin, encontré esta nota que indicaba que Venshlin planeaba matar a Hershel. Ya ha matado a Satchel y a mi padre, (este último es la razón por la que soy un "detective privado" en esta investigación) y creo que también mató a Hershel."

"¿No me digas?" Rachel se ajustó el sombrero y se dirigió al túnel. "Te estaré vigilando, Detective Privado Vásquez".

Sabía que había terminado en el lugar equivocado en el momento equivocado, y Rachel estaba obligada a aprovechar ese detalle y explotarlo en su propio beneficio. Continué hasta la calle y me reuní con los demás para compartir la nueva información.

Mis amigos y yo nos reunimos para cenar esa noche y les conté lo que había encontrado en la oficina de Venshlin.

Cada uno de ellos leyó los documentos que yo había sustraído, y Zelda anotó todas las partes que Venshlin había subrayado, así como sus notas al margen.

Richard se ajustó su gorro. "¿Qué más encontraste en Landenberg, Johnson?"

"En el cajón del escritorio de Venshlin había lo que parecían ser accesorios de maquillaje".

"¿Maquillaje? ¿Te refieres a lápiz de labios, delineador de ojos, esmalte de uñas, crema facial y cosas así?"

"Sí. No tengo ni idea de por qué tiene eso".

Alex no tardó en intervenir. "Tal vez tiene una novia y tiene sus cosas".

Shannon lo miró con enojo "No puedes estar hablando en serio" mientras Zelda escribía la información en su libreta.

"También encontré pequeñas bolsas de lo que parecía azúcar verde y naranja en el cajón". Tomé un sorbo de mi chocolate caliente mientras analizaban la información.

"Un momento". Shannon me miró. "¿Dijiste que habías encontrado pequeños paquetes de azúcar verde y naranja?"

"Sí, lo dije". Saqué los paquetes que había tomado y se los di. "No estaba seguro de lo que eran exactamente, así que tomé unos cuantos paquetes para que los analizaras".

Shannon me los arrebató de la mano en cuanto los abrí. "¡Sé lo que es esto!"

Alex también lo reconoció. "¿No es la fórmula de bebida que preparaste y que me condujo a mi vida secreta?".

Richard le confirmó. "Sí, lo es".

Shannon se levantó. "Necesito hablar con Johnson... a solas".

Estaba confundida, pero había en su voz un tono inquietante. "¿Por qué no puedes hablar conmigo aquí?".

Shannon no contestó; se limitó a agarrarme del hombro y me llevó fuera de la cafetería.

Dimos la vuelta a la parte trasera del edificio, fuera de la entrada de los empleados.

"Entonces, ¿qué estamos haciendo aquí, Shannon?" "¡Shhh! Baja la voz".

Miró a su alrededor para asegurarse de que éramos las únicas personas presentes.

Sorprendida, se dirigió a mí. "Um... he querido decirte algo, Johnson".

"¿Sí? ¿Qué?"

"Creo que me están chantajeando". "¿Qué quieres decir?"

"No puedo explicarlo ahora mismo. Pero escribí en mi diario algo que lo explica".

"¿No puedes explicar al menos algo ahora mismo?"

Shannon se retorcía las manos nerviosamente. "Ojalá pudiera, pero me preocupa que el chantajista nos esté observando ahora mismo. Y no tengo ni idea de quién es o qué puede hacer".

"Bueno, ya te dije que encontré esos sobres en la oficina de Venshlin".

"Entonces, ¿qué crees que significa eso, chico detective?"

Me sorprendió su cortante respuesta. "¿No significa que Venshlin te está chantajeando?"

"Por supuesto que no. Significa que Zachary Venshlin no es una persona real". "Todos lo vimos en la sala".

"No, no me refiero en ese sentido; me refiero a que alguien se está disfrazando usando mis drogas, y se está haciendo pasar por Zachary Venshlin".

"Bien. Entonces, sólo tenemos que averiguar quién es realmente y demostrar que son culpables de los asesinatos".

"Pero si no sabemos quién es realmente Venshlin, ¿cómo vamos a saber a qué nos enfrentamos realmente?"

"Eso es lo que estoy tratando de averiguar".

"Pero esa nota que tú y mi hermana encontraron en Wainwright parece indicar que no querrán la respuesta a este misterio. Me preocupa mucho que algo terrible pueda ocurrir aquí".

"Vamos, Shannon; sólo es tu imaginación la que reacciona debido a lo ocurrido en el Firebird-934".

Shannon pareció ofenderse. "¿Cómo puedes ser tan indiferente ante un accidente que mató a tu hermano?"

Fue en ese momento cuando los demás se acercaron a ver cómo estábamos. "¿Qué están haciendo aquí?"

Shannon se puso en pie. "Nada". Alex sonrió. "Claro, no era nada".

Zelda nos llevó de vuelta al aparcamiento. "Se está haciendo tarde; quizá debamos irnos a casa".

Alex abrió la puerta del vehículo para Richard y Shannon. "Bueno, me voy a mi tienda. Puedes llevar a Richard y a Johnson de camino a casa".

Mientras se dirigía a su camioneta, subí junto a Zelda. "Antes de ir a casa, Shannon quería entregarme algo en tu casa. Así que, ¿crees que podría hacer una parada allí un momento?"

Zelda encendió el motor. "Sí, puedo hacerlo".

En cuanto Zelda aparcó el vehículo, Shannon fue la primera en salir del mismo. Subió corriendo los escalones del porche y después desapareció tras la puerta.

Zelda parecía confundida mientras se desabrochaba el cinturón de seguridad y tomaba las llaves del auto. Salió, se dirigió a la puerta principal y por poco Shannon la atropella al salir corriendo.

Shannon volvió con un sobre y me miró con ojos de pánico. "Johnson, te confío que no compartirás esta información con nadie".

Tras un momento que me dejó paralizado, tomé el sobre. "Entonces, ¿puedes decirme de qué se trata ahora mismo, o...?"

"Ojalá pudiera, pero no me atrevo a hablar más por miedo a que Venshlin esté cerca".

Se dio la vuelta y volvió a la casa, dejándome con el sobre en la mano. Por su forma de hablar, yo debía haber temido por mi vida. Pero, en cambio, sentí una curiosa confusión sobre la razón por la que había que temer.

Zelda volvió a subir al auto para llevarme a casa. "¿Qué es lo que te dio?"

"Me gustaría poder decírtelo. Pero en este momento, creo que Shannon quiere que guarde un secreto".

"¿Por qué podría ser eso?"

"No tengo ni idea. Ella dijo que pensaba que Zachary Venshlin era un seudónimo".

"¿Sí?"

"A juzgar por lo que me dijo, podría ser un extracto de su diario".

"¿Qué es exactamente lo que está tratando de decirte?"

"Bueno, sólo hay una manera de averiguarlo". Rompí la solapa sellada y saqué el contenido...

CAPÍTULO XV

LA HISTORIA DE SHANNON

En este momento me gustaría comentar algunos hechos importantes relacionados con lo que ha leído en la novela de Johnson (o para ser más precisos, el capítulo de Alex en la novela de Johnson).

Seguro que ha leído sobre la mezcla de bebidas que hice y que provocó la mentalidad de Jekyll y Hyde de Alex (o, como Alex la llamaba, su mentalidad de "Risitas y Chistes"), así que he pensado en entrar en más detalles al respecto.

A continuación, un fragmento de mi diario de la semana del 31 de agosto de 20-.

La noche del 22 de agosto de 20-, seis meses después de la absolución de la aerolínea Firebird de su participación en el accidente del vuelo 934, recibí un paquete de productos químicos que había encargado por Internet.

Mis amigos me consideran una persona nerviosa después de que de niño casi me atropellara un auto (Johnson ya les contó esa historia). ¿Y que mi hermana también se aliara con él? ¿Acaso soy invisible?

El hermano de Johnson, Terrence, fue la única persona que se preocupó por mí. Su muerte dejó un gran vacío que se cerró después de que los demonios de Las Aerolíneas Firebirds fueran absueltos de los cargos que se les imputaban.

Alex era un idiota y me caía mal. No paraba de contar chistes, y resultaban frustrantes para mí y mi felicidad. Quería ser más valiente para poder superar la pérdida de mi mejor amigo.

Así que, la noche del 22 de agosto, Alex nos invitó a todos al Laboratorio y Tienda de Bromas del Dr. Chuckle. Yo sabía que había una estación de bebidas en el sótano, así que decidí probar mi nuevo paquete de productos químicos y encontrar la manera de acabar con todos mis problemas de una vez por todas.

El sótano era una habitación sencilla con paredes de hormigón y un techo de entramado de madera con aislamiento de fibra de vidrio. El polvo y las telarañas cubrían las cajas de madera dispersas por el lugar, y la única iluminación de la sala era una bombilla aislada que colgaba sobre la puerta de la escalera.

Alex y los demás estaban practicando una rutina de comedia, y yo estaba trabajando en la sala de bebidas realizando experimentos con mis nuevos productos químicos.

Utilizando la luz de un mechero Bunsen, buscaba la manera de fortalecer mi personalidad y destruir lo que mis amigos y Alex llamaban mi "paranoia". Mi novio, Richard, me había comentado que algunas de las bebidas de Alex podían provocar comportamientos inusuales, (similares a los del alcohol, pero sin los efectos posteriores) así que decidí utilizarlas en mis experimentos.

Después de sesenta y tres experimentos, finalmente lo conseguí. Anoté la receta, y sólo quedaba el último paso que era poner a prueba mi creación.

Le pedí a Richard que preparara una ronda de ponche para todos nosotros y lo hizo. Pero de lo que nadie se dio cuenta fue de que había tomado por error mi frasco para añadirlo al ponche.

Tenía pensado echar la mezcla en la bebida de Alex, pero por la razón anterior, no pude hacerlo. Pero decidí seguir con mi plan oculto.

Quería que la aerolínea pagara por lo que hizo, y propuse un brindis para encontrar la manera de hacerlo.

Nos pusimos de acuerdo y nos bebimos el ponche de un solo trago.

A día de hoy es demasiado inquietante plasmar en papel lo que ocurrió después. Todo lo que puedo decir es que nos transformamos en seres que reflejaban nuestros deseos más profundos y oscuros.

Tras el incidente, cada noche empezamos a transformarnos en nuestras formas sombrías. Pronto descubrí que habíamos tomado una dosis tan grande de la mezcla del primer ponche contaminado que nos habíamos convertido en hombres lobo.

Al cabo de unas semanas, se hizo evidente que estábamos empezando a perder el control de nuestro verdadero estado mental. Fue entonces cuando se me ocurrió que si queríamos volver a ser nosotros mismos, tenía que encontrar un antídoto, y rápido.

Estudié la receta de mi mezcla original de cristales para encontrar una lista de ingredientes que contrarrestaran los efectos. El antídoto tardó cinco semanas en llegar. Pero no era seguro; a algunos de nosotros nos gustaba vivir con su lado secreto, sobre todo a Alex. Cuando se mezcló y dispensó la bebida, nos quedamos indecisos mirando los vasos de ponche rosa burbujeante.

No tardamos ni ocho minutos en tomar las copas. Alex se puso de espaldas a la mesa, pero el resto pudimos beber del ponche. Al cabo de poco tiempo, todos éramos lo más normal que se podía creer.

Como Alex nunca consumió el antídoto, seguía siendo un ser de doble cara; un payaso enfermo y friki de día, y un cazador de recompensas empedernido de noche. Me sentí muy a gusto con la personalidad más fuerte de Alex, quien se llamaba a sí mismo Brandon Chide. (Aunque todavía me pregunto si el verdadero yo de Alex había elegido ese nombre).

La prueba me enseñó una importante lección: el mundo no es lugar para un cobarde, pero es mejor vivir como un cobarde que morir como un soldado.

Luego del descubrimiento y de la recuperación de mis inauditos experimentos, pensé que sería capaz de olvidar el extraño incidente.

Incluso 3 = 5 pudo estar más equivocado.

En menos de una semana, recibí unos misteriosos paquetes en la puerta de mi casa. Todos tenían los productos químicos que había utilizado para crear mis pociones aquella maldita noche.

Al principio, pensé que se habían equivocado de dirección, ya que no había hecho ningún pedido relacionado con lo que estaba recibiendo. Esta idea resultó ser incorrecta cuando miré la etiqueta de la dirección en cada caja y descubrí que llevaban el nombre de Shannon Edith Amanda

Thomson.

Pude comprobar por los paquetes que alguien sabía de mis sueros. Como yo era la única que conocía la receta, me estaban enviando los ingredientes necesarios para hacer las bebidas. Pero si ese era el caso, había tres preguntas que debía responder:

¿Cómo supieron qué pociones enviarme? ¿Quién las quería?

¿Y qué querían con ellas?

Había un mensaje pegado en el costado de la caja más grande. Retiré la cinta que sostenía el sobre blanco abultado a la caja de cartón y observé su exterior. Al no ver nada raro, saqué un abrecartas y lo metí bajo la solapa sellada.

El sobre estaba lleno de pequeñas bolsas de plástico y un papel negro. Cuando lo desplegué, mis sospechas se confirmaron: había un poema escrito a máquina en rojo pastel.

Wow, qué sorpresa hay en tu puerta
A qué se debe mi desesperación?
Igualmente podría decírtelo, pero entonces tendrías que morir
No preguntes por qué y lee esto con atención
Wow que bien, con estos licores prepara tus bebidas
Rechaza esta orden y te pondremos a dormir
Imagina que sé dónde vives y quién eres
Genial, hazlo todo y conduce en tu auto
Haz un chequeo de la palabra clave en esta nota
Todo será entregado allí. Apresúrate a la cota

Cuando terminé, pensé en llamar a la policía. Pero no sabía quién lo había escrito y sabía que podía estar jugando a la ruleta rusa si llamaba a la policía, así que decidí no hacerlo.

Llevé todas las cajas a mi laboratorio en el sótano y saqué la cristalería del armario. Desempaqué las cajas y coloqué el contenido sobre la mesa.

Medí la cantidad adecuada de cada producto químico en vasos de precipitados graduados, y luego eché cada uno de ellos en un matraz. Encendí uno de los mecheros Bunsen y coloqué el líquido púrpura incandescente sobre la llama.

Cuando todo el líquido había hervido, sólo quedaban 50 gramos de polvo verde neón. Esta era la primera fase de la transformación.

También recibí envíos de ingredientes para la mezcla del antídoto, así que el chantajista probablemente también quería eso. Así que, nuevamente, medí los ingredientes, los mezclé y herví el suero amarillo blanqueado hasta que me quedaron 50 gramos de polvo naranja.

La mezcla se distribuyó en pequeñas bolsas de plástico de tamaño de dosis, y las metí en una bolsa de plástico grande. Luego tomé la nota que venía con las bolsas y traté de averiguar a dónde debía ir. Logré averiguar que el destino era la Academia de Derecho Wainwright.

Eran las 2 de la madrugada cuando salí hacia Wainwright. No estaba segura de con quién estaba tratando, así que pasé 15 minutos sentada al volante de mi auto sin moverme antes de encender el motor para conducir a Wainwright. Cuando llegué allí, estuve a punto de quedarme dormida al apagar el motor. Sólo me desperté cuando alguien empezó a golpear mi puerta.

Miré por la ventana y vi una figura vestida de negro. Llevaba un pañuelo alrededor de la cabeza para ocultar el rostro, gafas de sol que ocultaban los ojos y un sombrero de fieltro para ocultar el pelo.

Bajé la ventanilla con vacilación. "¿Son ustedes la persona con la que debo reunirme?"

Me miraron y no dijeron nada. Busqué en la guantera y saqué las bolsas que contenían los azúcares que había hecho. Me hicieron una señal para que se las diera, a lo que accedí.

Busqué la llave para volver a encender el motor. "Me voy a ir ahora".

Me agarraron el hombro con una mano con guantes y me hicieron un gesto para que saliera del auto. Me indicaron que los siguiera por un callejón oscuro junto al edificio. Cada vez estaba más asustada.

Me llevaron a un lugar aislado detrás de un contenedor de basura y retiraron un ladrillo de la pared. Me señalaron, me mostraron las bolsas de mezcla para bebidas que les había dado y pusieron unas cuantas en la cavidad donde estaba el ladrillo.

" ¿Quieren que ponga las bolsas en este hueco cuando las traiga aquí?".

Asintieron, sacaron las bolsas, volvieron a colocar el ladrillo y dibujaron una X en el ladrillo con tiza azul.

Volví a mirar hacia el auto, esperando que Chide viniera a rescatarme.

Cuando me giré para volver a mirar a las misteriosas figuras, ya no estaban.

CAPÍTULO XVI

FLUJO DE IDEAS

Tarios equipos estuvieron casi una semana limpiando los restos de debajo del tren en ruinas. Pequeñas partes del tren se habían desprendido, provocando que diminutas partículas de metal se entremezclaran con partes de cuerpos y los diversos materiales aspirados bajo el tren.

El proceso fue largo y meticuloso. Pero pudieron recoger toda la tela, partes de cuerpos y restos que no pertenecían al tren, que se enviaron al Dr. Suzuki para su análisis.

El área de reconocimiento era prácticamente una cuadra en la que se llevaba a cabo la matanza. Shannon tenía hemofobia, y los restos de lo que suponía que era el cuerpo del juez Hershel por poco la hacen vomitar.

El Dr. Suzuki estaba desconcertado. "¿Cómo se supone que voy a resolver este desastre?"

Zelda y yo estábamos ocupados clasificando minuciosamente los pequeños fragmentos de la escena del crimen.

Los únicos restos recuperados que estaban mínimamente intactos eran los botones de un pantalón, una camisa y una chaqueta, un cuadrado de poliéster de una corbata verde de una pulgada, un par de zapatos de cuero negro con los pies todavía dentro, los dientes de una cremallera y los enchufes de un cable de extensión, todos ellos cubiertos de sangre.

Las partes del cuerpo reconocibles eran dedos, pies, extremidades despojadas hasta el hueso, una cabeza con la cara destrozada hasta hacerla imposible de reconocer, una mandíbula cortada con todos los dientes aún incrustados en su interior, un torso con las costillas expuestas y agrietadas, y una parte de la región inferior del cuerpo que confirmaba que el sexo de la víctima era masculino.

Todo lo demás que se encontró eran miles de fragmentos del tamaño de una punta de lápiz.

Se extrajeron muestras de ADN de los trozos de tejido y de la sangre recuperada para confirmar que todo el tejido era de la misma persona. Todas las partes intactas del cuerpo se colocaron sobre la mesa como un gigantesco rompecabezas.

El resto del material recuperado se clasificó en otra pila. Había muchos trozos de algodón, lino y poliéster, que debían ser piezas de ropa. Otros materiales recuperados parecían ser cables de cobre y material aislante de cables de extensión.

Shannon estaba levantando las huellas dactilares de los dedos recuperados. "¿Cómo diablos es posible que un tren pase por encima de una víctima y produzca este tipo de daños?"

"A juzgar por el hecho de que casi no se recuperaron partes enteras del cuerpo, parecería que la víctima había muerto mucho antes de ser golpeada por el tren".

"¿Crees que el cuerpo se empezó a descomponer cuando la víctima fue atropellada?"

"Precisamente".

Mientras Shannon se ocupaba de comparar los dientes, los huesos y las huellas dactilares de la víctima con los registros dentales, radiográficos y dactiloscópicos de numerosas personas de la zona, Zelda y yo intentábamos averiguar la forma en la que el tren interactuó con la víctima, y comprobar si ello sería suficiente para borrar por completo un cuerpo humano.

"Observé una abolladura en el tercer carril a unos 60 metros de donde se detuvo el tope delantero del tren, y los frenos no se habían accionado antes de que el tren se detuviera. Creo que había 104 personas en el tren; las vi entrar en la estación desde el túnel donde estaba la escena".

Shannon estaba tomando muestras de sangre de las partes intactas del cuerpo para hacer pruebas toxicológicas. "¿Recuerdas de memoria la distribución de hombres, mujeres y niños en el tren? ¿Y qué longitud tenía el tren?"

Me esforcé por recordar. "Había ocho vagones que formaban el tren. No estoy seguro de cuántas personas había, pero creo que eran... 20 niños, 37 mujeres y 47 hombres. Puede o no ser exactamente así".

Zelda se apresuró a anotar los números en su cuaderno. Los utilizó para calcular el peso del tren y, a partir de ahí, la velocidad en el momento del impacto. Esos números se usarían para ver cuánto tiempo pasó entre la muerte y el impacto.

Mientras tanto, examiné los resultados de las pruebas toxicológicas. Los análisis no indicaban que la víctima estuviera ebria o drogada en ningún momento antes o después de la muerte.

El Dr. Suzuki no estaba del todo seguro de si la víctima tenía alguna lesión preexistente antes de morir, ya que los daños causados por el impacto del tren probablemente habrían ocultado cualquier herida que existiera antes de ser golpeada por este.

Los resultados de las pruebas de ADN confirmaron que todas las partes del cuerpo eran de una sola persona. Las muestras se compararon con perfiles de ADN de personas de toda la zona.

Luego, la búsqueda reveló coincidencias con los dientes, los huesos y las huellas dactilares de la víctima.

Los resultados de todas las pruebas confirmaron que la víctima de las vías era el juez Martin James Hershel.

Volvimos a reunirnos con los otros tres en el sótano de la tienda de Alex para discutir lo que habíamos encontrado en la oficina del Dr. Suzuki.

"Entonces, ahora sabemos que Hershel está muerto". Shannon estaba en la estación de bebidas. "Ahora, tenemos que averiguar cómo fue asesinado".

Richard estaba examinando el horario del metro para averiguar en qué momento pudo caer Hershel en la vía. "El incidente ocurrió en un extremo de una vía de transporte, así que sólo debió haber un tren en la línea". "Por los patrones de sangre, diría que el tren se dirigía al extremo más cercano; así que hubo mucho más tiempo para deshacerse de él antes de que fuera atropellado".

"¿Pero cómo llegó allí?"

Zelda logró averiguar la velocidad del tren cuando atropelló a Hershel. "Se encontraron trozos de cables de extensión bajo el tren, así que parece que fue atado y amordazado, y luego lo llevaron al sitio donde lo arrojaron".

Miro el horario del metro de hoy para ver cuándo podría haber pasado el tren. "Entonces, ¿cómo pudo Venshlin llevar a Hershel al túnel sin que se notara? Necesitaría una llave para usar el túnel de salida de emergencia".

"Fue capaz de secuestrar y matar a Satchel en el metro sin ser detectado, y consiguió provocar un incendio en Wainwright".

"Pero eso no responde aún a la pregunta esencial de por qué lo mataron".

Alex miró uno de los expedientes de los casos fallidos. "Un caso que terminó con un mal veredicto fue un caso de secuestro por parte de uno de los trabajadores de la compañía ferroviaria, así que de esa manera Venshlin pudo haber conseguido una llave para la salida de emergencia".

"Debió de pensar mucho en su plan, entonces".

Shannon recordó lo que había dicho ayer sobre Hershel. "¿No crees que Hershel conocía a William antes del juicio?"

"Sí, lo pensé".

"Me pregunto por qué".

"¿Qué tal si echamos otro vistazo a los documentos que conseguí en la oficina de Venshlin?".

Richard los había metido en una caja; los sacó de debajo del mostrador de la estación de bebidas donde trabajaba Shannon.

Revisé los papeles en busca de cualquier información sobre Hershel.

Encontré el del juicio de Las Aerolíneas Firebirds.

"Parece que fue el juez que presidió ese juicio". "Interesante". Zelda anotó eso en su libreta.

"Y mira esto". Alex revisó algunos de los otros documentos. "El mecánico hizo un intento de apelación sin éxito después del juicio".

"Sí." Shannon leyó por encima del hombro de Alex. "Lástima que el nombre del mecánico esté tachado".

La tinta negra que censuraba el nombre se había impreso con el documento; no había forma de averiguar el nombre oculto.

"Debe haber una razón para esto".

Me senté a pensar. "Como encontré una nota ominosa en el despacho de Venshlin, es probable que él supiera que yo iría allí".

"¿Eso significaría que Venshlin está ocultando algo?" "Eso parece".

Zelda miró una nota que había escrito Venshlin a un lado. "Parece que Hershel conocía a alguien en Aerolíneas Firebird".

"¿Qué quieres decir?"

Zelda leyó una nota que aparecía al margen. "'Qué manera de guardar un secreto, Marty. Seguro que tu cuñado te agradece mucho ese trabajo de mecánico de Firebird con el que lo estafaste'".

"Hmm..." Richard pensó en el juicio por asesinato. "Parece que Venshlin era un poco hostil hacia Hershel".

"Pero si el cuñado de Hershel deseaba de hecho trabajar en Aerolíneas Firebird", se preguntó Shannon, "entonces, ¿por qué eligieron a Hershel para presidir el juicio por la demanda de Firebird?".

Alex se encogió de hombros. "Quizá era el único juez que estaba disponible".

Zelda contestó. "Venshlin dijo que nadie conocía al cuñado de Hershel".

Fue entonces cuando se me ocurrió algo. "¿Qué probabilidades hay de que un abogado y un juez implicados en el mismo juicio por demanda estén también implicados en el mismo juicio por asesinato seis años después?".

"La probabilidad es pequeña, pero sus registros muestran que nunca estuvieron juntos entre esos dos juicios".

"Entonces, Venshlin mató a dos personas involucradas en un juicio de demanda colectiva; el abogado defensor y el juez. También mató a un veterano detective de la policía".

Richard se ajustó el gorro. "¿Qué quieres decir?"

"¿Crees que Venshlin también podría tener como objetivo al abogado de la acusación de ese juicio?".

Zelda leyó otra de las notas de Venshlin. "Nelson Kurt Yitzhak, el fiscal, no contribuyó al veredicto; fue la regla de exclusión y la ostentosa reputación de Satchel lo que condujo al resultado. Es más, el fracaso de la apelación del ex-mecánico se debió al incompetente abogado de la apelación. Gary McCrery al contrario, cómo crecerán sus flores".

"Espera... ¿Gary McCrery? ¿Se refiere al fiscal de distrito?"

"Sí. También fue el abogado del ex-mecánico en su juicio de apelación. 'Debiste haberte retirado cuando te enteraste de tu cáncer cerebral'. Tal vez entonces, el ex-mecánico pudo haber conseguido su reincorporación'".

"¿Eso significa que Venshlin va a matar a McCrery?" "Sólo el destino y el tiempo lo dirán".

Zelda reunió todos los documentos en una pila y los volvió a meter en la caja.

CAPÍTULO XVII

UNA PUÑALADA POR LA ESPALDA

Me sentí incómodo al estar sentado en el lado opuesto del escritorio en la sala de interrogatorios. Y, francamente, sabía que no debía responder a las preguntas que me iban a hacer.

"Háblame de lo que hiciste la noche del 4 de marzo de 20-". Rachel se paseó de un lado a otro del escritorio.

"Mis amigos y yo estábamos discutiendo el resultado del juicio de ese día en la cafetería".

"¿De qué juicio se trataba?"

"El juicio por asesinato de William York". "¿A dónde fuiste después de salir de la cafetería?" "Fui a la firma de abogados Landenberg". "¿Por qué fuiste allí?"

"Estaba investigando a mi principal sospechoso de los asesinatos, Zachary Venshlin".

"¿Sabes con seguridad que él hizo esto?"

"Las pruebas que tengo son circunstanciales, pero estoy plenamente convencido de que Zachary Venshlin es un saboteador y un asesino. Además, tengo razones para creer que en realidad es otra persona".

"¿Qué pruebas tienes para respaldar lo que dices?"

"Recibí una nota antes de que ocurriera cada asesinato, y el incendio que mató a mi padre ocurrió en Wainwright, que es donde Venshlin estudió derecho".

"Entonces, ¿qué encontraste en Landenberg?"

"Encontré un gran número de documentos sobre cada uno de los juicios fallidos de los últimos cinco años, los cuales Venshlin estuvo estudiando a fondo".

"¿Tienes alguno de esos documentos de la oficina de Venshlin a mano?"

"No los tengo en mi poder; las últimas personas que los tuvieron fueron Zelda y Shannon Thomson".

"¿Es todo lo que encontraste allí?"

"También encontré un extraño conjunto de objetos en el cajón del escritorio de Venshlin que no he terminado de comprender. Mientras recogía las pruebas y las metía en bolsas para llevárselas a mis amigos, me encontré con una nota que anunciaba la muerte de Hershel."

"¿Tienes esa nota contigo?"

Busqué en mis bolsillos durante unos diez segundos. "No, no la tengo. De todos modos, después de salir de Landenberg, me dirigí al metro. Vi a un montón de gente entrando en la estación desde el túnel del tren".

"¿Es aquí donde encontraste a Hershel?"

"Lo encontré después de una larga caminata por el túnel. El tren lo había destrozado por completo, pero el Dr. Suzuki pudo identificarlo mediante el ADN y las huellas dactilares, así como los registros dentales y de rayos X."

"Entonces, ¿cómo llegó Hershel allí en primer lugar?" "Eso no lo sé".

Estaba claro que Rachel no me creía. "Entonces, ¿cuál crees que es el motivo para cometer estos crímenes?"

"Todavía estamos tratando de resolverlo; todo lo que tenemos hasta ahora son las pruebas que se recuperaron de Wainwright".

Rachel empezó a revisar su cuaderno de notas. "Hay un patrón extraño entre tú y estos asesinatos; fuiste la última persona en ver a Satchel con vida, y fuiste la primera en encontrar a tu padre muerto. No sólo eso, pensaste que la persona que fue atropellada por el tren del metro era el juez Hershel antes de que el médico forense lo identificara".

"Pero no tenía ninguna razón para matar a ninguno de ellos".

"La muerte de tu padre iba a concordar con su habilidad como detective; había que acabar con él para evitar que resolviera el misterio de la muerte de Satchel".

"¿Pero por qué iba a matar a Satchel o a Hershel?"

"Quizá no tuvieras un motivo, pero desde luego tenías la capacidad de matarlos. ¿Quieres saber lo que pienso?"

Suspiré profundamente. "¿Qué?"

"Creo que William York es el responsable de este complot".

Me puse de pie y golpeé la mesa con las manos. "¿Qué clase de historia ridícula es esa?"

"Él ordenó la muerte de Harold Satchel para conseguir un mejor abogado en su juicio, y posteriormente matar a su padre para que no descubra quién mató a Satchel".

"¡Ni siquiera conozco a William York!"

Rachel ni siquiera se inmutó ante mi historia. "Por supuesto que no lo conoces". "Venshlin fue contratado sólo 24 horas antes del asesinato de Satchel; ¿cómo podía saber William que el hecho de que Venshlin lo representara conseguiría su absolución?".

Ignoró mi pregunta. "Satchel fue el abogado defensor en el juicio por la demanda de Las Aerolíneas Firebirds en el año 20, y ya sabes la cantidad de gente que quedó destrozada por el veredicto del juicio. William York tuvo un motivo para matar a Satchel: la venganza. Tuvo el momento de matarlo: su reunión con él antes del asesinato. No se puede negar, Detective Privado Vásquez".

"¿Pero cómo sabía William que mi padre era un detective con tanta destreza?"

"No lo sabía él, lo sabías tú. Tú mismo tuviste que acabar con él antes de que él acabara contigo y con William".

"Nunca había estado en Wainwright antes del incendio".

"¿Y cómo pudiste saber que era Hershel el que fue atropellado por el tren sin que hubiera partes del cuerpo identificables?"

"Fue gracias a la nota que encontré en la oficina de Venshlin".

Sus ojos se entrecerraron. "Esa historia es muy sospechosa, Detective Privado Vásquez".

"Entonces, ¿admites que es una historia al menos algo creíble?" Me acordé de un día, durante mi etapa de estudiante en la academia de policía, cuando Richard empezó a leerme uno de sus apuntes de la universidad sobre una presentación en clase que explicaba cómo el hecho de perder el morro en vuelo podía hacer que un avión volara hacia arriba antes de caer y estrellarse.

"Quería decir que tu historia está mal construida, y lo sabes. De todos modos, estoy divagando".

"No puedes demostrar mi culpabilidad ya que no he cometido ningún crimen en mi vida".

"Puedo y lo haré. Todo lo que necesito es una prueba de que eres el asesino, y podré ser la sucesora de mi madre como jefa de policía cuando se jubile, mientras tú te quedas sin trabajo."

Me quedé atónito. "¡Bruja enferma!"

Se giró hacia su colega que estaba a su izquierda. "Por favor, lleva al Sr. Vásquez de vuelta a casa".

Estaba confundido. "¿No me vas a arrestar?"

"Las pruebas que tengo hasta ahora son circunstanciales. Pero encontraré lo que estoy buscando. Indudablemente eres el responsable de estas muertes, Detective Privado Vásquez".

Me levanté para seguir al oficial por la puerta. "Creo que hay que hacer un análisis de la palabra 'Indudablemente'".

"Necesito un trago". No suelo beber alcohol, pero después del interrogatorio, estaba tan estresado que pensé que tenía que ir a casa de Zelda a tomar una copa.

Richard miró en la nevera. "Tenemos un poco de ese pastel de la Selva Negra que sobró de mi cumpleaños".

Alex se echó a reír entre dientes. "¿Alguna vez te ha molestado que tu cumpleaños sólo se celebre una vez cada cuatro años?"

"Soy el mayor de los cinco, así que no importa".

"Y lo más extraño de eso es que estás saliendo con la más joven de nosotros cinco".

"Ambos tienen la misma diferencia de edad en comparación con Johnson, así que no importa".

"Ya está bien". Tomé una rebanada de pastel y fui a la sala de estar donde Zelda estaba esperando.

Alex se dio cuenta de mi comportamiento anómalo. "Yo diría que eso no fue un pedazo de pastel para pasar".

"No, no lo fue".

Fue en ese momento cuando se oyó un golpe en la puerta principal. Shannon se acercó a contestar.

"Hola, profesora Vásquez". "Hola, Shannon".

Shannon llevó a mamá al interior de la casa y se sentó conmigo en el sofá. "¿Con nuevos problemas, Johnson?"

"Así es".

Mamá me miró. "¿Por qué?"

"Rachel está investigando los sucesos para conseguir que me despidan y poder ser la sucesora de Bethany como jefa de policía".

Todos se sorprendieron. "¿Qué?"

"Y cree que estoy cometiendo los asesinatos por William York, aunque no lo conozco personalmente".

Richard se puso de pie. "¡Esto es una locura!"

Mamá se acercó cojeando al sofá donde estaba. "¡No puedes hablar en serio!" "No bromeo. Me lo dijo durante mi interrogatorio de hoy". "¿Ella realmente hizo eso? ¿En qué estaría pensando?"

"Ojalá lo supiera".

"Voy a hablar con Bethany sobre el inusual comportamiento de Rachel".

"Creo que sería una buena idea; ella no tiene ni idea de a quién persigue, pero yo sí".

Shannon me acercó a mi oído. "No, no la tienes".

Mamá se dirigió a la puerta. "Bueno, espero que este crimen se resuelva en poco tiempo; sé que puedes hacerlo".

Mientras se iba, Zelda siguió haciéndome preguntas. "¿Cuál dijo Rachel que era el motivo de los asesinatos?"

"Dice que William está actuando por venganza contra el veredicto de las Aerolíneas Firebird".

Zelda pensó sobre ello. "Hmm... tal vez ella realmente llegó a una conclusión razonable".

"¿Qué quieres decir?"

"Tal vez estos asesinatos realmente se están cometiendo por desprecio al juicio de Aerolíneas Firebird". Zelda sacó el documento correspondiente. "Satchel era el abogado defensor y Hershel el juez".

Pensé en ello. "Sí, las notas adjuntas de Venshlin tienen un significado vengativo".

Zelda y Shannon abrieron una nevera en el porche trasero y pusieron carbón en la parrilla. "¿Qué te parece si hablamos de esto mientras comemos chuletas de cordero?"

Me encogí de hombros. "Supongo".

CAPÍTULO XVIII

LA ALIANZA

Alrededor de las 17:30, llamaron a la puerta.

Cuando abrí, vi a un hombre con pelo corto y la cara bien afeitada. Llevaba un sombrero de fieltro marrón, un suéter verde oscuro con una camisa de cuello blanco debajo, pantalones denim beige y zapatos negros. Por su mirada triste pude ver que había hecho un largo viaje en busca de algo.

Me sacudí el polvo y enderecé mi postura para el imprevisto invitado. "¿Puedo ayudarlo, señor?"

"Precisamente por eso he venido".

Richard reconoció su voz. "¿William York?"

"Estoy siendo hostigado por la policía. Tienes que hacer que se alejen de mí".

Zelda estaba en la puerta. "Te das cuenta de que Johnson es un policía, ¿verdad?"

"Sí, sé que Johnson es un policía. Pero ese no es el problema. Una mujer policía engreída dijo que yo era culpable de obligarlo a matar gente". William se dirigió a mí. "Dijo que también te había interrogado y que te negaste a incriminarme".

Le confirmé. "Así es".

"Estoy aquí para pedirte ayuda. Tú también estás llevando a cabo una investigación sobre estos asesinatos, ¿verdad?"

"Sí, así es".

"Necesito que encuentres una manera de probar que no tuve nada que ver con estos actos".

Era la primera vez que hablaba con él, y gracias a Venshlin se había librado de los asesinatos, así que al principio dudé en aceptar la petición.

Finalmente, accedí a ayudarlo como pudiera. "Lo haré, William". Corrió hacia mí y me abrazó tan fuerte como pudo. "¡Oh, muchas gracias!"

Richard parecía desconfiar de William. "Johnson, ese tipo intentó matar a mi hermano; ¿por qué lo ayudas?".

William estaba a punto de hablar, pero Zelda se le adelantó. "Richard, no hay necesidad de atacar a la gente. Está siendo intimidado por tu ex novia, así que es justo que lo ayudemos a salir de este problema".

William entró y miró a Richard. "¿Era tu novia?"

Richard desconfió del invitado, pero Zelda y yo nos aseguramos de que William no fuera acosado más. "Es una historia muy larga".

Shannon también parecía incómoda con William, aunque no estaba segura de si simplemente era tímida con el nuevo invitado o le tenía miedo por su delito. "No creo que hayas tenido la oportunidad de conocernos a todos". Cerré la puerta detrás de William. "Probablemente ya nos conoces a mí y a Richard". "Sí, los conozco".

"Así que este es Alex Andrews, y estas dos son Shannon y Zelda Thomson".

Estrechó la mano de cada una de ellas. "¿Estoy interrumpiendo algo?"

Richard refunfuñó. "Hay una barbacoa en el porche trasero si..." se encogió un poco, "...quieres venir y unirte a nosotros".

Alex acompañó a William al porche trasero. "Sí, yo diría que te vas a la parrilla para ir a descansar luego de cocinar".

William se rio y sacó una botella de Kirshwasser de la nevera. Mientras se servía un trago, tomé asiento junto a él, con Richard y Zelda sentados con nosotros, y Shannon ocupándose de la parrilla.

"No lo entiendo". Levantó su vaso y suspiró con fuerza. "Salgo del juzgado como un hombre libre, y una bruja de la policía me acusa de ser una mente criminal por eso".

Shannon volteó las patas de cordero en un plato de servir. "Sí, el mundo está funcionando de forma absurda".

"¿Qué voy a hacer?" William empezó a beberse su trago mientras sus ojos brillaban.

Alex empezó a cortar las piernas de cordero. "Siempre puedes ir a un nuevo lugar para empezar una nueva vida. ¿Tal vez a Nueva York?"

William escupió el licor por la nariz y soltó una carcajada.

"Quizá una partida de dardos pueda ayudar". Me acerqué a la diana del otro lado del porche.

"Sí, de acuerdo". Dejó el vaso vacío sobre la mesa y se acercó.

Mientras empezábamos a jugar la partida, decidí iniciar una conversación con William.

"Así que, aparte de ser atacado por Rachel, ¿cómo has estado, William?"

William se encogió de hombros. "Bueno, he estado luchando para llegar a fin de mes; no he podido conseguir un trabajo desde hace años".

"Justo te habían absuelto la semana pasada". "Me refería a antes de que muriera mi padre".

"Ah, sí. Patrick había dicho en el tribunal que tu padre había mencionado que estabas desempleado desde hace tiempo".

"Claro. Sólo necesito una manera de conseguir algo de dinero".

"Creo que Alex estaba buscando contratar a alguien en su tienda. Tal vez puedas preguntarle".

"¿Dónde está eso?"

"Laboratorio y Tienda de Bromas del Dr. Chuckle".

Pareció asustarse ante el nombre. "No lo sé." "¿Qué quieres decir?"

"He oído que ese lugar está embrujado". "¿Embrujado?"

"Hay rumores de que una especie de agente secreto recorre las calles por la noche cazando criminales".

"¿Qué tiene eso que ver con la tienda de Alex?" Sabía cuál era la respuesta, pero mis amigos y yo no íbamos a contarlo.

"Cuando estuve en la cárcel, escuché historias sobre presos que eran capturados por este tipo y llevados a la tienda donde la policía venía a recogerlos.

"Ya veo. Bueno, no estoy seguro de cuánto sabe Alex sobre esto, pero puedes preguntar y averiguarlo".

"Por lo que me han dicho, la policía lo ha interrogado acerca de este tipo (que responde al nombre de Brandon Chide), y afirma que estaba sirviendo como guardia nocturno en la tienda".

"¿Sí?"

"¿No te parece un poco exagerado? ¿Y cómo sabe Chide de todos estos crímenes?"

"Ni idea". Me acerqué a recuperar los dardos del tablero para empezar otra ronda.

Mientras lo hacía, le informé de las pistas que habíamos encontrado. "Así que, de todos modos, creemos que quien mató a estos tres hombres está involucrado de alguna manera en estos casos judiciales que salieron mal".

"¿Por qué crees eso?"

Busqué en mi bolsillo. "Recibí esta nota mientras hablaba con Satchel sobre una serie de casos judiciales que habían absuelto a acusados que eran en verdad culpables".

Richard clavó el tenedor en su panecillo como si fuera el asta de una bandera. "Sé que tú eras uno de esos acusados".

Miré fijamente a Richard. "Ahora no, Richard".

"¡Pues sí!" Se levantó de su asiento para acercarse a mí, pero Zelda y Shannon lo sujetaron rápidamente.

William y yo continuamos nuestra discusión, ignorando a Richard mientras se esfuerza por liberarse del fuerte agarre de Shannon y Zelda.

Leyó la nota que había encontrado en el restaurante. "Sí, parece que hay una operación de sabotaje con todos estos casos judiciales. Y el autor también es responsable del asesinato de estos tres hombres".

"Correcto. Tengo la sospecha de que el abogado que te defendió en el juicio es el responsable".

"¿Cómo lo sabes?"

Saqué la nota que descubrí antes de que acabara en Wainwright. "Su nombre aparecía en la parte inferior de esta nota".

"La primera víctima fue Harold Satchel, ¿verdad?"

"Sí. Lo secuestraron mientras él y yo íbamos de camino a la comisaría donde estabas tú, y luego lo apuñalaron en la garganta con un carámbano".

"¿Cómo es posible? O más bien, ¿cómo lo sabes?"

"El médico forense encontró pruebas de que Satchel había sido apuñalado con algún tipo de estaca. Un fragmento se rompió en el cuerpo, pero el trozo alojado desapareció de alguna manera".

"¿Y fue a partir de eso que supiste que el arma era de hielo?"

"Eso y un comentario gracioso de Alex".

"Muy bien. ¿El incendio de Wainwright tuvo algo que ver con esto?"
"Sí. Mi padre fue asesinado allí".

"¿Fue asesinado a causa del incendio?" "Su muerte fue la causa del incendio." "¿Qué quieres decir?"

"Fue atado en un armario y quemado vivo." "¿Por eso estás investigando esto?" "Sí."

"¿Y el tercer asesinato?"

"Tenía sospechas sobre su abogado, y por eso busqué en su oficina para averiguar todo lo que pudiera sobre él. Mientras investigaba el lugar, encontré evidencia de un interés con el juicio de Las Aerolíneas Firebirds de 20- y esta tercera nota. Salí a avisar a mis amigos, y me topé con la escena del crimen de camino aquí".

"¿Pudiste averiguar quién era?" "Sí, fue el juez Hershel".

"¿Te refieres al tipo que presidió mi juicio por asesinato la semana pasada?" "Ese mismo."

"¿Qué está pasando aquí?"

"Eso es lo que estamos tratando de averiguar. Pero ya tenemos una pista de por qué los mataron".

William leyó la tercera nota que había recogido. "Este tipo es bueno escribiendo poesía".

"Sí. Así que lo que ocurrió fue que fui la última persona que vio a Satchel con vida, acabé en Wainwright durante el incendio que mató a mi padre y me encontré con el lugar del asesinato de Hershel cuando volvía a casa desde Landenberg."

"¿Y cómo acabé yo en medio de todo esto?"

Me puse a pensar en eso. "Por lo que creo, quizá fue porque yo había mencionado que Satchel actuaba como abogado defensor en el juicio de Las Aerolíneas Firebirds".

"Sí, lo recuerdo".

"Cree que los asesinatos tienen algo que ver con el resultado de ese juicio".

"¿Lo crees?"

"Estoy considerando eso como un posible motivo. Si pudiéramos averiguar quién tendría un motivo, entonces podríamos entender quién es Zachary Venshlin".

"Espera, entonces, ¿quién es él?" "Sí."

"¿Quieres decir que es otra persona?"

"Así es. Y encontraré las pruebas necesarias o dejaré de llamarme Johnson Charlie Clayton Vásquez".

CAPÍTULO XIX

LA HISTORIA DE ZELDA

Finalmente, se ha incluido mi historia. Estoy bastante segura de que ya has leído lo que escribió mi hermana. Como sabes, a ella no le agrada Alex debido a sus bromas sin sentido. Y ella había creado un tipo de azúcar que llevó a la vida secreta de Alex como Brandon Chide.

Y todos los demás han dado su opinión sobre el accidente de las Aerolíneas Firebird y la influencia que tuvo en ellos. Así que sería descortés por mi parte no hacerlo.

La noche del vuelo, yo iba en auto al aeropuerto para recoger a Johnson después del aterrizaje. Estaba escuchando la radio cuando las noticias empezaron a informar sobre un accidente de avión en Kansas City, Missouri. El periodista parecía feliz, pero la noticia era todo menos eso.

Mientras escuchaba, pensé: "Espero que esa gente se encuentre bien".

El periodista continuó. "Muchos de los pasajeros y la tripulación sobrevivieron al accidente, incluido un pasajero que envió un mensaje de socorro".

La radio transmitió el mensaje. Cuando oí eso, frené de golpe y casi me choca por detrás un vehículo que iba detrás de mí; ¡era la voz de Johnson!

En cuanto me recuperé de la impresión, corrí a casa y preparé las maletas para conducir hasta Kansas City.

Durante el viaje, Johnson me llamó para decirme que él y su familia estaban en el vuelo de regreso a casa desde Denver. Todos habían sobrevivido (excepto Terrence) y estaban pasando la noche en el hospital de Kansas City.

Cuando llegué al lugar de los hechos, estaba claro que había ocurrido algo grave. El avión estaba tendido en paralelo a la orilla del río sobre la que se encontraba, con el techo abierto como el envoltorio de un caramelo. Una gruesa capa de ceniza y tizne rodeaba el fuselaje.

En el lado izquierdo del avión, el que daba al río, pude ver las letras rojas y naranjas con un adorno turquesa que deletreaban "Firebird" claramente contra el fondo amarillo.

Más abajo, en el río, pude ver la aleta vertical del avión, que estaba en el barro. Entre la aleta y el río, pude ver un largo rastro de canales estrechos que conducían a la pista de aterrizaje cercana, que debía ser el resultado del impacto de la cola contra la playa antes de derrapar sobre el río.

El equipo de la NTSB llegó dos minutos después que yo. Decidí observar todo lo que pudiera sobre la investigación y buscar respuestas a mis propias preguntas, con la esperanza de poder entender qué había provocado el accidente del avión.

Por la forma en que el avión cayó al río, era evidente que la aleta fue lo primero que se desprendió de él. Ahora le tocaba a la NTSB averiguar cómo había sucedido.

Las cajas negras del avión se pudieron recuperar a los pocos minutos de la llegada del equipo. Mientras se retiraban las grabadoras para analizarlas, se procedió a entrevistar a los testigos presenciales.

El control de tráfico aéreo informó a los investigadores de lo que Johnson les había dicho sobre el fallo del estabilizador. De hecho, descubrieron que el extremo delantero de la aleta estaba dividido por la mitad y doblado hacia fuera. Los remaches que lo mantenían unido estaban rotos, y el hecho de haber descubierto el daño explicaba el comportamiento del avión durante el vuelo:

Cuando la cubierta del estabilizador vertical se rompió, el avión se hizo prácticamente imposible de volar. Los rápidos movimientos causados por esto significaban que el estabilizador estaba bajo una tensión extrema. Pronto, las conexiones fallaron y el avión aterrizó en el río.

La grabadora de voz de la cabina reveló que los pilotos estaban experimentando una agitación inusual en vuelo antes de la crisis, que inicialmente creyeron que era una turbulencia; el control de tráfico aéreo dijo que no había viento alguno, y los datos de la grabadora en vuelo mostraron que la "turbulencia" era consistente con el rendimiento con la aleta desprendida.

Además, el hecho de que la aeronave estuviera equipada con una grabadora de vigilancia de aeronaves, que registraba las imágenes de una serie de cámaras situadas por toda la aeronave, sugería que el Firebird tenía una baja prioridad en el mantenimiento de sus aviones.

Mientras se examinaba el historial de mantenimiento del avión en busca de una explicación, los metalúrgicos examinaron el estabilizador roto para averiguar cómo se rompieron los remaches.

La forma de los agujeros de los remaches había cambiado de circular a elíptica. Los pequeños pliegues de metal en el lado derecho de cada agujero indicaban que los remaches habían presionado contra los bordes de los agujeros, lo que significaba que había una distribución anormal de la carga en los remaches.

El orificio inferior estaba completamente intacto, lo que significaba que no soportaba una carga excesiva; los orificios superiores presentaban una distorsión creciente de su forma, que pasaba de ser circular a tener forma alargada. Esto significaba que el fallo comenzaba en la base, y que el resto de los remaches debían haber saltado como los botones de la camisa de Superman.

Así que ahora tenían que averiguar qué había causado la rotura del primer remache para empezar.

Todos los remaches se habían roto por la mitad de forma bastante limpia, y la mitad inferior de cada remache seguía clavada en la aleta; cinco se habían roto por sobrecarga, mientras que el sexto remache se había roto por fatiga del metal. El remache fatigado no estaba perfectamente recto, y había una serie de pequeñas grietas en el lado interior del doblez; eso significaba que el remache debió ser enderezado a partir de un estado doblado.

La última operación de mantenimiento del avión se realizó siete semanas antes del accidente. Se entrevistó a los trabajadores y, efectivamente, los remaches de la cubierta del estabilizador vertical habían sido sustituidos. Los registros no mostraban nada inusual sobre los remaches, pero los mecánicos dijeron que los remaches fueron los últimos de ese tipo particular que había en stock en ese momento, por lo que no había muchas pistas concretas para averiguar si había algo que pudiera estar defectuoso en ellos.

Sin embargo, pronto descubrieron que a los remaches que quedaban les faltaba uno. El mecánico que supervisaba la operación dijo que no podía conseguir más remaches, así que improvisó con un remache deformado pero de tamaño correcto que encontró en el suelo y martilló para enderezarlo.

Siete semanas más tarde, mientras el avión sobrevolaba Kansas City, el remache defectuoso se rompió, matando a 75 personas.

Me pareció un poco precipitado culpar a un solo hombre de este accidente. Esto me llevó a investigar más a fondo para ver si el mecánico era el culpable, o si había una razón mayor detrás de la avería en el taller.

Encontré una llamada telefónica del mecánico al director general de las aerolíneas Firebird, Nicholas Althorn. Llamé a Althorn para informarme sobre el cambio.

Resultó que el mecánico llevaba varios días intentando encontrar un lote de remaches nuevos antes de la operación, y Althorn se había negado a cumplir las peticiones que le llegaban. Me desconcertó que Althorn no comprara remaches nuevos para los mecánicos a pesar de las numerosas peticiones.

Cuando le pregunté a Althorn por su reiterada negativa a comprar piezas de repuesto para los aviones, su respuesta fue tan absurda que no podía creer lo que oía.

"Necesitamos dinero para formar a nuevos pilotos, y por eso no tenemos capacidad para comprar piezas".

Si hubiera sido Richard el que hubiera hablado, lo habría golpeado lo suficientemente fuerte como para romper el receptor.

Hablé con los pilotos del vuelo 934, así como con otros pilotos de Firebird, y me explicaron que su formación implicaba el manejo de una serie de fallos estructurales y mecánicos inusuales y extremos para los que casi ninguna otra aerolínea habría pensado siquiera en formar a sus pilotos. Esto demostraba que los aviones que se averiaban no eran nada raros en las Aerolíneas Firebird.

Investigué más a fondo la historia de la empresa y descubrí una lista de incidentes tan larga como el brazo de Althorn.

Cuatro meses antes del vuelo 934, un avión sufrió una pérdida de control de los alerones volando sobre Little Rock. Utilizando los aceleradores para dirigir el avión, los pilotos consiguieron aterrizar de forma segura y sin lesiones.

En noviembre de 20-, dos personas que estaban en tierra fueron golpeadas por un trozo de la cubierta del motor que se desprendió de un 767 que volaba sobre Iowa. El avión cayó a tierra y aterrizó sin problemas en Chicago.

Se comprobó que al menos cinco aviones habían sido víctimas del colapso del tren de aterrizaje al aterrizar. Sesenta y siete personas en total resultaron heridas.

Y eso sólo por nombrar algunos.

En todos los casos, el mantenimiento inadecuado y/o la falta de mantenimiento causaron los incidentes.

En el incidente de Little Rock, los conductos hidráulicos de los alerones estaban sellados con epoxi; las vibraciones del avión los hicieron salir, provocando una fuga.

La separación de la cubierta del motor en Iowa se produjo porque los remaches que sujetaban la mitad inferior estaban oxidados cuando se instalaron por primera vez; los mecánicos de Firebird nunca los sustituyeron.

Y en cada uno de los fallos del tren de aterrizaje, los neumáticos nunca habían sido sustituidos o inflados de nuevo desde que el avión había sido comprado por las Aerolíneas Firebird. La pérdida de los neumáticos hizo que éstos reventaran, cortando los pernos del buje y transfiriendo fuerzas anormales a los pilones del tren de aterrizaje.

Pero como los pilotos habían sido entrenados para manejar todas esas situaciones, nadie murió en ninguna de ellas. Por lo tanto, las Aerolíneas Firebird no se sintieron obligadas a cambiar ninguna de sus prácticas de mantenimiento, ni la FAA tomó medidas para que eso ocurriera.

Ahora había 75 almas descansando bajo las aguas del río Missouri.

Publiqué mis hallazgos, y fue noticia de primera plana. Inmediatamente, se presentó una demanda colectiva contra Las Aerolíneas Firebirds por su deficiente régimen de mantenimiento.

Pero cuando el caso se llevó a los tribunales, la aerolínea fue absuelta de todos los cargos.

Pasé los siguientes cuatro años buscando en libros de derecho para entender cómo había sucedido todo. Ninguno de los recursos que consulté fue suficiente para darme una explicación.

CAPÍTULO XX

LA IMPLICACIÓN

En ese momento, mamá regresó a la casa y se reunió con todos nosotros en el porche trasero. "¿Están todos bien?"

"Sí, estamos bien, mamá".

Se acercó a donde estaba sentado William. "¿Quién es usted?" William se levantó. "Soy William York".

Mamá le estrechó la mano. "Martha Vásquez". "¿Supongo que usted es la madre de Johnson?" "Sí, lo soy".

William pareció reconocer a mamá. "¿No es usted una de las profesoras de medicina forense de la Universidad de Deviltry?"

"Sí, lo soy".

Shannon asintió. "Yo fui una de sus alumnas".

Mamá cerró la puerta trasera tras ella. "Entonces, ¿qué está pasando por aquí?"

"Su hijo ha estado investigando una serie de asesinatos en la zona, y la hija del jefe de policía nos culpa a mí y a él de esos crímenes".

"Sí, me lo contó antes de que usted llegara". Se acercó cojeando a un asiento vacío en la mesa.

William notó la razón de su tambaleo. "¿Qué le pasó a su pierna?"

Ella miró hacia abajo y suspiró. "Tuve un accidente de avión hace unos siete años. Mi hijo menor murió en ese accidente, y no me siento igual desde entonces".

"Oh. Vaya, eso es bastante lamentable".

"Sí. Y lo que más duele es que la aerolínea quedó completamente libre de culpa por sus acciones las cuales causaron el accidente."

"No la culpo". Él también parecía estar igual de dolido por ese hecho. Desvió su atención hacia mí. "Entonces, ¿qué tienes hasta ahora?"

Zelda dio un sorbo a su vaso de agua. "Bueno, Johnson sospecha del abogado que había defendido a William en el juicio por asesinato".

"¿Por qué?"

William hizo girar su tenedor. "Johnson ha recibido una serie de notas que anuncian los asesinatos de tres hombres. Según las sospechas de Johnson, mi abogado, Zachary Venshlin, escribió su nombre al pie de la segunda nota, y su marido murió en un incendio en la Academia de Derecho Wainwright, donde el señor Venshlin había estudiado derecho. Además, Venshlin me absolvió en mi juicio por asesinato la semana pasada, lo que parece ser similar a otros polémicos veredictos de otros juicios recientes."

"Sí, he oído hablar de eso". Mamá suspiró. "Definitivamente se pasó de la raya con el sabotaje del juicio por secuestro".

Richard se limpió los ojos y se levantó con las manos puestas sobre la mesa. "¿Por qué todo el mundo es amable con un tipejo que se salió con la suya al intentar matar a mi hermano?".

Mamá le reprendió rápidamente por su actitud desordenada. "¡Richard Edward Avery Ralston, esa no es forma de tratar a un hombre como William!"

"¡Bueno, pero él lo hizo!"

Mamá se puso de pie en un instante y lo miró fijamente a los ojos. "No quiero oír ni una palabra más de ti, jovencito. ¿Está claro?"

Richard asintió en silencio.

Zelda terminó su comida. "¿Cómo se encuentra últimamente, profesora Vásquez?".

Mamá exhaló. "Me las estoy arreglando. Estoy segura de que si mi marido siguiera vivo, sería capaz de resolver este lío en un abrir y cerrar de ojos".

"Ese creo que fue el motivo de Venshlin para matarlo; era un detective tan bueno, que había que silenciarlo. Aunque Rachel tenía dudas sobre cómo se había acercado a él".

William se sirvió un trago de Kirsch. "Sí, definitivamente era una leyenda".

Richard se levantó de la mesa. "Iré adentro; ¿alguien quiere algo?"

Todos negamos con la cabeza.

"De acuerdo". Y con ello, entró por la puerta.

Mamá abrió la nevera y empezó a buscar en ella. "Entonces, ¿Satchel y mi esposo fueron las únicas personas que supuestamente mató este tipo Venshlin?"

"Uh, no." William terminó su trago. "El juez Hershel también está muerto".

Asentí con la cabeza. "Lo atropelló un tren en un túnel del metro después de que William fuera absuelto".

"Ya veo". Cerró la nevera y se sentó con una botella de té helado. "¿Saben si alguien más está en peligro?"

"No estamos completamente seguros, pero sospechamos que puede haber una cuarta víctima en algún momento dado".

"¿Quién cree que podría ser?"

"Creemos que podría ser un abogado implicado en el juicio de apelación del ex mecánico de Firebird".

William se dirigió a la nevera para servirse otro trago de Kirsch. "Ya te tomaste dos tragos, William".

William parecía estar despreocupado. "¿Parece que me importa?"

Me sorprendió. "Oye, sólo estoy tratando de solucionar este problema para los dos".

William volvió a la nevera, y de repente habló. "¿De dónde salió eso?"

Volteé hacia él. "¿Qué?"

Sacó una nota doblada. "Encontré esto en la nevera, encima de la botella de Kirsch".

"Déjame ver eso". Desplegué la nota mientras el resto de la gente se arrimaba a mí para ver.

Como predije, había otro poema.

Me parece que estás entendiendo el patrón aquí
Ciertamente, ser gobernado por el miedo
Creo que es una locura, pero

Realmente, es sano
Excepto que la locura es difícil de fingir
Realmente, ¿estás listo para descansar? Adelante, diviértete
Y aun así, todavía no he terminado

21, 9, 24, 11, 12, 22, 1

En ese momento me invadió una sensación de pánico. "¡Oh, Dios mío!"

William miró los tres poemas que ya teníamos y lo comparó con el cuarto que acababa de conseguir. "¿Dice lo que yo creo que dice?".

Asentí con la cabeza. "¡Tenemos que encontrar a McCrery y advertirle!"

Zelda destacó un obstáculo importante. "Eres consciente de que ninguno de nosotros sabe dónde está ahora mismo. Tendremos que encontrarlo antes de poder decírselo".

Mamá sacó su teléfono para buscar la dirección de McCrery. "Calle Reendow Mill 1527".

Me subí al auto con Zelda, mamá y William y corrí a la casa de McCrery, con la esperanza de avisarle antes de que Venshlin llamara a la puerta. Richard, Shannon y Alex tomaron su camioneta y nos siguieron.

Cuando llegamos, pude ver a Rachel saliendo de un vehículo que estaba aparcado en la entrada.

Rachel y yo nos encaramos y ambos hablamos simultáneamente. "¿Qué estás haciendo aquí?"

Rachel vio a William. "Ustedes dos están trabajando juntos. Lo sabía".

William se puso a mi lado. "Estamos trabajando juntos, pero no somos socios en el crimen".

"Sí. Te creeré cuando los dos sean asesinados por tu sospechoso".

Volví a repetir mi pregunta. "¿Y qué haces aquí, Rachel?"

"Se ha informado de un robo aquí", señaló la casa blanca que estaba a seis metros de distancia, "y voy a entrar a investigar".

Antes de que alguien siguiera hablando, se dio la vuelta y entró en la casa.

Suspiré y miré hacia el camino que estaba cerca.

Había huellas y señales que indicaban que habían arrastrado a alguien a dentro de un granero en la colina.

Llegamos hasta él y vimos que la puerta del granero estaba entreabierta.

El granero estaba bastante oscuro, a excepción de la luz que se filtraba por las grietas de las paredes. El polvo flotaba en el aire tiñendo de color ámbar las sombras. Al otro lado del granero se encontraba un tractor y un estante de herramientas.

"¿Qué estamos haciendo aquí?" Richard sacó una horquilla debajo de un montón de paja en el suelo y la apoyó sobre un poste. "¿No deberíamos estar registrando la casa para encontrar a McCrery?"

"Rachel está en la casa; no podemos buscar allí".

Mamá asintió. "Además, hay un rastro de marcas de arrastre que va de la casa al granero, así que es probable que haya algo importante dentro del granero".

La puerta del granero se abrió de golpe.

"¡VÁSQUEZ!" Raquel se acercó a mí mientras yo empezaba a trepar por la escalera.

Empecé a huir por el inestable suelo de madera, Rachel me perseguía mientras los demás observaban desde abajo. Las tablas del suelo crujían y se doblaban bajo mis pies mientras me escapaba peligrosamente por el polvoriento granero de madera.

Al dar la vuelta a la escalera, pisé una tabla frágil del suelo y me caí, aterrizando en un pajar.

Rápidamente volví a levantarme del suelo y me tranquilicé.

Cuando miré a mi alrededor para confirmar que no estaba herido, descubrí algo terrible.

Se trataba de un cuerpo atado con cables eléctricos lo cual nos indicaba que habíamos llegado demasiado tarde.

Gary Evan Thomas McCrery estaba muerto.

CAPÍTULO XXI

EL CUARTO ASESINATO

Era una situación desconcertante, pero al mismo tiempo bastante triste. La víctima había sido atravesada por múltiples y diminutas heridas punzantes. Es algo casi imposible y, sin embargo, aquí estaba yo, contemplándolo con otras siete personas.

En la pared había un mensaje sobre el cuerpo escrito con sangre y restos de madera.

Recuerdas lo que encontraste en mi escuela?
Esos hallazgos son muy útiles
Verdadero chapado en pajas son las armas que buscas
En total, ochenta
No hay razón para asustarse
Gran éxito y suerte al tratar de encontrar cada una de ellas
Es hora de reírse con un juego literal de palabras

Rachel miró a través del agujero por el que caí y comentó entre dientes: "¿En qué estarán pensando esos hombres?".

Me levanté y me sacudí el polvo. "¿Cuánto tiempo crees que se necesitaría para hacer algo así?"

William recogió el trozo de madera que había pisado. "Podríamos estar aquí días si intentamos contar todas las puñaladas que tiene".

Zelda estaba tomando fotos del cuerpo de McCrery y del poema en la pared. "Dejaremos que el médico forense se encargue de eso. Así podremos tener una estimación del tiempo que el asesino estuvo aquí".

Shannon no podía entender la escena que había ante ella. "Entonces, ¿qué pasó con McCrery?"

Zelda respondió. "Parece que fue apuñalado con cientos de agujas hasta morir".

Richard miró el poema. "¿Y qué hicieron, enterrar las agujas en los pajares?".

Me puse los guantes. "Eso parece. Vamos a buscar por aquí".

"He oído sobre buscar una aguja en un pajar, pero esto es ridículo". Era imposible que Alex no lo dijera.

Rachel empezó a bajar por la escalera. "No voy a quedarme para esto".

Me reí. "¿Y aun así quieres resolver este caso antes que yo? No me extraña que hayas fracasado con Richard".

Ella se apartó del tractor. "¡Oye, tú fuiste la que convenció a Rickey para que dejara de salir conmigo!"

"No, esa fue Zelda".

Rachel refunfuñó como el Lobo Feroz y salió furiosa del granero para marcharse.

William se rió. "Esa bruja está loca, te lo digo en serio". Asentí con la cabeza. "Eso es cierto"

Mamá dio la vuelta para seguirme por la puerta. "Bueno, no creo que haya nada más que pueda hacer aquí".

Estuve de acuerdo. "Sí, no creo que debas dar vueltas y buscar por aquí con esa rodilla mala".

"Probablemente ayudaría tener imanes y detectores de metales para ayudarte a buscar".

A cada uno se le asignó un pajar diferente para buscar. Si lo que estaba escrito en la pared era cierto, había ochenta agujas escondidas entre las docenas de pajares de todo el granero.

"¿Estás seguro de que las agujas están aquí?"

"Si Venshlin las está escondiendo, este sería un lugar ideal para esconderlas".

Como se esperaba, estuvimos buscando en el granero durante horas.

No teníamos ningún detector de metales con nosotros, lo que hizo la tarea aún más difícil. A medida que el tiempo se prolongaba de minutos a horas, la falta de comida y agua empezaba a causar problemas.

Alex bostezó, todavía vestido con su atuendo de "Dr. Chuckle". "Estoy a punto de tirarme al heno".

Shannon volteó los ojos y recitó una línea de Romeo y Julieta, indicando que quería que Chide apareciera pronto.

Al poco tiempo, los seis nos habíamos quedado dormidos en el pajar en el que estábamos mirando.

Me desperté y me encontré con una luz de "prohibido fumar". Estaba confundido, así que miré a mi izquierda para saber dónde estaba. Podía ver las nubes debajo de mí, la mayoría de las cuales estaban siendo oscurecidas por el ala y el motor de un avión.

"Espera, ¿por qué estoy en un avión?"

Me giré hacia mi derecha y vi que Harold Satchel estaba sentado a mi lado. "¿Qué... cómo has llegado hasta aquí?"

Gary McCrery estaba sentado al otro lado del pasillo de los asientos. "¿No es obvio?"

Estaba confundido. Cuando abrí la boca para hablar, el juez Hershel se acercó y se sentó junto a McCrery. "¿Me perdí de algo?"

McCrery se levantó para que el juez volviera a sentarse junto a la ventana. "Bueno, Johnson se despertó hace unos cuantos segundos, pero más allá de eso, nada".

Entonces, papá acercó un carro de bebidas a nosotros. "¿Quieren beber algo, caballeros?"

Satchel y McCrery pidieron Coca-Cola y Ginger Ale respectivamente, mientras que Hershel pidió un jugo de manzana.

Papá me preguntó entonces. "¿Y tú, hijo?"

No podía entender lo que estaba viendo. Los cuatro hombres que veía estaban muertos. ¿Y por qué estaba yo en un avión?

"Sólo tomaré agua". A pesar de que hace unos momentos me moría de hambre, por alguna razón ya no tenía.

Papá le dio mi agua a Satchel, quien me la pasó. No quería parecer grosero al decir que todos a los que estaba viendo se suponía que estaban muertos, pero sentí que tendría que decírselo en algún momento.

Cuando papá empujó el carro hacia delante, los dos abogados y el juez me miraron.

Satchel abrió su lata de Coca-Cola y la puso en la bandeja. "No te ves muy bien, Johnson".

"¿Estoy soñando?"

"Si, así es". McCrery abrió su lata de Ginger ale. "Estás durmiendo en mi granero donde me quitaron la vida".

"Entonces, ¿todos ustedes saben que están muertos?" "Sí". Hershel tomó un sorbo de su jugo.

"Entonces, si estoy soñando, ¿es lógico preguntar por qué estoy en un avión con cuatro hombres asesinados?"

"Sí, así es". Satchel dio un trago a su lata. "Estamos tratando de enviarte un mensaje".

"¿Y cuál es?"

McCrery dio un sorbo a su bebida. "No podemos decírtelo de manera directa; tienes que descubrirlo tú mismo".

"¿Qué quieres decir?"

"¿Crees que un muerto podría darte respuestas en la vida real cuando estás despierto?" Hershel terminó su jugo.

"Vaya, eso ayuda mucho. Zelda es la que tiene ese tipo de perspicacia, no yo".

"Entonces, tal vez deberías hablarle de esto". Satchel terminó su bebida.

"¿Quién creería algo así? No estoy seguro de creer lo que estoy viendo".

Fue entonces cuando una voz femenina algo familiar sonó en el intercomunicador. "Buenas tardes, señoras y señores, les habla su capitán. Esperamos un ligero retraso en nuestra llegada a Denver. Esperaremos aterrizar en unas dos horas".

Contuve las ganas de reconocer la voz y suspiré resignado cuando el intercomunicador se apagó. "Me voy a volver loco cuando me despierte, ¿verdad?".

Satchel y Hershel se encogieron de hombros despreocupadamente.

McCrery fue el único que respondió. "Eso es lo que tendrás que averiguar por tu cuenta".

Papá volvió a recoger la basura. Se dio cuenta de que no había tocado el agua. "¿Pasa algo, hijo?"

Satchel lo miró. "Está bien, Daniel. Sólo necesita algo de espacio, eso es todo".

"Entonces, está bien".

Hershel le dio a papá la caja de jugo vacía. Satchel terminó su bebida, quitó la lengüeta y le dio la lata a papá.

"Me tomaré mi tiempo para visitar a los míos". Papá se dirigió a la cocina que estaba detrás de nosotros.

Al mirar a mí alrededor, vi que las tres personas sentadas conmigo eran los únicos pasajeros a bordo; todos los demás asientos del avión estaban vacíos.

Cuando me giré para mirar por la ventana, el avión empezó a temblar. Me agarré a los reposabrazos, pero las tres personas sentadas conmigo no reaccionaron. El temblor empeoró y empecé a asustarme.

En el suelo, pude ver un ancho río que atravesaba las llanuras de hierba. Por la forma en que volaba el avión, creí que íbamos a caer en picada en el río.

Me desperté sobresaltado. William me abrazaba y vi que Richard, Shannon y Zelda me miraban. Me di cuenta de que todos habían dormido profundamente.

"¿Dormiste bien, Johnson?" Zelda me ayudó a ponerme de pie y me dio mi sombrero.

Me sacudí el polvo y me acomodé la corbata sin decir una palabra.

Alex salió de la cabina de un tractor poniéndose las zapatillas y las gafas.

Shannon me acompañó hasta el vehículo de la policía que estaba fuera del granero bajo el sol de la mañana. "Parece que acabas de ver un fantasma o algo así".

Asentí con la cabeza. "De hecho, fueron cuatro".

Richard se sorprendió por mi respuesta. "¿De verdad? Pues cuéntanoslo".

Les hablé del "vuelo" en el que estuve con las cuatro víctimas de los asesinatos.

Se notaba que Alex había disfrutado de una gran escapada la noche anterior. "Bueno, no hace falta decir que ninguno de nosotros encontró nada".

"Sí. Bueno, ¿dónde comeremos entonces?"

CAPÍTULO XXII

DEDOS ENTUMECIDOS

Más tarde, esa misma tarde, volvimos al granero para continuar buscando las agujas. Esta vez, teníamos detectores de metales que nos ayudaban. Sin embargo, hubiera sido de mucha ayuda antes.

"Recuérdame por qué estamos haciendo esto". Shannon estaba casi desesperada por encontrar las agujas en los pajares.

"Estamos buscando pruebas físicas que relacionen al autor con estos crímenes". Zelda estaba sacando astillas ensangrentadas de la escritura en la pared para hacer pruebas de ADN.

"O al menos que demuestre que yo y/o Johnson no somos culpables de estos crímenes". William subió al último piso para buscar allí.

"Espero que no volvamos a tener problemas con el heno". Alex empezó a agitar el detector de metales sobre otro pajar.

Richard, Shannon y yo estábamos ocupados en nuestros propios pajares usando detectores de metales.

A pesar de tener todas estas herramientas disponibles, estábamos avanzando muy lentamente. Ninguno de nosotros estaba seguro de que, si encontrábamos una aguja, sería la última que encontraríamos.

Oí un pitido de mi detector, que sonaba bastante agudo para haber encontrado una aguja; puede que hubiera un trozo de metal más grande en el pajar.

Rebusqué en el pajar y, para mi sorpresa, encontré un frasco de mermelada de vidrio parcialmente lleno de sangre. Todos quedaron asombrados por el hallazgo.

"¿Esto es lo que creo que es?"

"Haremos que Shannon lo confirme". "Ella puede hacerlo esta noche si quiere." "Sí, puedo hacerlo."

"Sigamos buscando las agujas".

Pasaron unas tres semanas hasta que las encontramos todas. Y fiel al poema, había ochenta agujas en total.

Cuando llegamos a su oficina, el Dr. Suzuki había elaborado su informe de autopsia.

"Hola, ¿cómo va todo, Dr. Suzuki?" Estaba ansioso por ver si por fin podíamos conseguir alguna prueba que sirviera para demostrar que somos inocentes, y/o encontrar al verdadero culpable.

"Esto se está volviendo más y más inusual con cada una de estas víctimas". Se limpió la frente con la mano mientras suspiraba profundamente.

"Entonces, ¿qué tenemos aquí?"

"La víctima había sido apuñalada miles de veces con agujas o alfileres o algo parecido".

"Sí, ya habíamos comprobado ese hecho después de llegar a la escena del crimen. Las armas estaban allí, pero habían sido enterradas en los pajares del granero. Afortunadamente, pudimos encontrarlas todas".

"Bueno, el cuerpo ha sido reconocido por el hijo de McCrery, así que no podemos comparar físicamente las armas con las heridas".

"Al menos aún hay sangre seca en las agujas". Shannon estaba ocupada analizando dichas agujas. Mientras esperábamos los resultados, Zelda y yo seguimos discutiendo las pruebas que teníamos con el doctor Suzuki.

"Entonces, ¿qué ha encontrado hasta ahora?"

"Por lo que puedo decir, estaba vivo cuando se insertaron todas las agujas. Asumiendo que el asesino dejó de insertar agujas cuando la víctima estaba muerta, todo debió ocurrir en aproximadamente una hora." "Durante la búsqueda, encontramos un frasco con sangre en uno de los pajares.

La sangre coincidía con el ADN de Satchel". "¿Tienes el frasco aquí?"

"Sí, aquí lo tengo". Se lo di al Dr. Suzuki.

Revisó el charco en forma de arco fuera de la herida punzante en el cuello de Satchel y lo comparó con el frasco de sangre que encontré en el granero de McCrery.

Era una perfecta coincidencia.

"Entonces, ahora sabemos por qué había tan poca sangre en la escena del asesinato de Satchel".

Zelda asintió. "Sobre el lugar donde encontramos muerto a McCrery, había un poema en la pared escrito con sangre. Se analizó la sangre y coincidió con la de McCrery y Satchel; se identificó a una tercera persona, pero no sabemos quién es, aparte de que no es William York."

Me froté la barbilla. "Hmm... este plan parece haber sido organizado desde hace meses".

"O incluso años".

"No pudo ser demasiado tiempo si todo surgió de la controversia del Firebird 934".

Shannon volvió con los resultados de las pruebas de la sangre en las agujas. "Es definitivo; toda la sangre de las agujas era de Gary McCrery".

El Dr. Suzuki se dirigió a Shannon. "¿Puedo echar un vistazo a las agujas? Necesito confirmar que estas son de hecho las herramientas utilizadas en el asesinato".

Shannon le dio la bolsa con las agujas al Dr. Suzuki, que procedió a revisar el informe de la autopsia de McCrery.

"¿Cuántos agujeros había?" "Había 1.760 puñaladas".

Zelda emitió un largo suspiro de asombro. "Bueno, avísanos cuando tengas todas las medidas y la confirmación de si se utilizaron para cometer el asesinato".

Mientras tanto, llamé a William York.

"Hola, Johnson". Me di cuenta de que William estaba borracho.

"Hola, William. Pudimos encontrar todas las agujas del pajar y tenemos pruebas de que no tuviste nada que ver con los crímenes".

"¿Y cómo fue eso?"

"La sangre de la pared coincidía con la de Satchel y McCrery, y había una tercera identificación que no coincidía contigo, ni conmigo, ni con ninguno de mis amigos".

"Muy bien. Entonces, ¿qué harás después de tu reunión con el médico forense?"

"Estoy pensando en ir a buscarte, informarte de los hallazgos y luego contarle a Rachel nuestras conclusiones".

"Suena bien el plan".

"Bien. No conduzcas hasta que yo llegue".

"De acuerdo". Hubo un breve momento de risas de borracho antes de que William colgara.

Aproximadamente media hora después, el doctor Suzuki terminó su análisis. "Es definitivo".

"¿Sí?"

"Las 80 agujas que encontraron fueron utilizadas en el asesinato de Gary McCrery".

"Bien, parece que tenemos todo lo que necesitamos". "¿Vamos a recoger a William?"

"Sí, hagamos eso".

William estaba sobrio cuando llegamos a su casa esa tarde. O eso o nunca estuvo realmente borracho cuando lo llamé. Pero saber si estaba o no borracho no era mi prioridad.

Lo único que me importaba era demostrarle a Rachel que teníamos al sospechoso correcto y que ninguno de los dos era responsable de ninguna de las muertes que habían ocurrido.

En la casa, me asomé a la cocina, donde William estaba limpiando una cafetera. No había evidencia alguna de la escena que Patrick había visto; un nuevo microondas fue instalado, las paredes circundantes estaban intactas, y parecía que cada uno de los armarios tenía una capa fresca de pintura para madera.

"¿Estás listo para salir, William?" "¿Viene Richard con nosotros?"

"Iremos los cinco, pero haremos lo que sea necesario para asegurarnos de que Richard se comporte".

"Muy bien, en ese caso vámonos."

Rachel estaba en su apartamento, y mis amigos y yo fuimos hasta allí para mostrarle a Rachel los resultados de las pruebas. William estaba ansioso por demostrar su inocencia.

Rachel estaba obviamente despreocupada por lo que teníamos que decirle. "¿Vienes a entregarte, William?"

Me puse entre Rachel y William. "He encontrado las agujas que se usaron para matar a McCrery".

"Oh, ¿en serio?"

"Mira tú misma". Le mostré fotos de las agujas recuperadas de los pajares. "Estas son agujas de la tienda de costura en Bruit Road".

"Él pudo haberlas comprado. "

"Pero aquí hay algo más que encontramos". Le mostré el informe de la prueba de ADN. "La sangre en las agujas que encontramos era de McCrery. El poema escrito en la pared del granero tenía sangre de Satchel, McCrery y una tercera persona que sabemos que no era William. Sospechamos que la tercera persona puede ser el asesino".

"Entonces, ¿quién es el asesino?"

"Todavía no lo hemos descubierto. Pero tenemos pruebas de que William no mató a ninguno de los cuatro hombres".

"Bueno, a menos que puedan encontrar a la persona que lo hizo, no tengo más remedio que seguir diciendo que ustedes dos son los responsables de estos asesinatos".

Estaba confundido. Hemos comprobado que William no era culpable de los asesinatos, pero Rachel no quiso escuchar. Ella comenzó a cerrar la puerta...

¡BAM!

William golpeó a Rachel justo en el ojo y salió corriendo por el pasillo. Rachel cayó de espaldas por el puñetazo, pero rápidamente se las arregló para volver a levantarse. No sólo tenía el ojo morado, sino que tenía trozos de cristal en el ojo, los cuales hacían que sangrara mucho.

Sujetando la mitad intacta de sus gafas del suelo, gritó inmediatamente: " ¡Vuelve aquí, hijo de puta!".

Rachel salió corriendo detrás de William, quien bajó las escaleras a toda velocidad. Mis amigos y yo la seguimos, preocupados de que hiciera algo malo con William.

Treinta segundos después, oímos ruidos en el exterior: el sonido de unos neumáticos chirriando, seguido de un fuerte golpe, y luego la gente empezó a gritar.

Fuera del complejo de apartamentos, había un autobús con una abolladura con sangre en la parte delantera. En el bordillo de la acera, delante del autobús, se encontraba William York, tendido en el suelo.

CAPÍTULO XXIII

LA PÉRDIDA

Los pasajeros del autobús salieron para ver lo que había ocurrido. Un pasajero se arrodilló junto al cuerpo destrozado y ensangrentado que el autobús había golpeado tan sólo 15 segundos antes.

"¡Sí, te lo mereces!" gritó Rachel al hombre herido que yacía en la carretera.

El pasajero que estaba agachado junto a William le tomó el pulso. "Todavía está vivo. Se pondrán bien".

Mientras Shannon llamaba a una ambulancia, llevé a Rachel a una zona privada para encararla por su imprudencia.

"¿Por qué nos culpas a mí y a William de todas estas muertes? Estás ignorando un montón de pruebas importantes, siendo egoísta con tus análisis, y engañando a la gente con la que trabajas en estos sucesos."

"Estás en cada escena del crimen antes de que se encuentre un asesinato, tienes la capacidad de llevar a cabo cada asesinato, y William tenía un motivo para cada víctima. Por deducción, tú y él están juntos en esto".

"He conseguido una gran cantidad de pruebas que nos defenderán a él y a mí".

"Pero, tú no eres un investigador oficial en este caso, y por lo tanto tus pruebas no pueden ser utilizadas. Por lo tanto, tu argumento no es válido. Y además, Detective Privado Vásquez, mi madre fue la que aprobó que yo dirigiera esta investigación."

"Sólo porque eres su hija y le rogaste que te pusiera ahí".

"De todos modos, ella dice que estás más involucrado en este negocio de lo que crees, así que deberías mantenerte alejado de esto".

"Sí, sé que estoy involucrado en esto personalmente; mi padre fue asesinado por este lunático. Por eso estoy investigando este caos desde el principio".

"Puedo hacer que te despidan si quiero". "Nunca vas a poder encontrarlo".

"¿Por qué habría de hacerlo? Tú y William están detrás de todo esto de todos modos, así que ¿por qué debería molestarme?"

"Entonces, ¿por qué no nos has arrestado a mí o a William si crees que somos responsables de esta masacre?"

"Como dije antes, todas las pruebas que tengo hasta ahora son circunstanciales". "Eso es porque todo lo que has estado haciendo aquí es sacar conclusiones y basar toda tu investigación en esas suposiciones. Sé que estás en esto sólo por la atención. Yo no tengo intenciones de convertirme en jefe de policía, y puedo solucionar esto más fácilmente que tú". "¿Qué, crees que un policía novato, perezoso y sin compromiso podría acabar con una racha de casos judiciales fallidos?"

"Sólo soy novato porque tú me robaste el ascenso. Puede que sea 'perezoso', como tú dices, pero tengo a mi disposición herramientas que me ayudan en cualquier investigación. Tú sólo te inventas historias que sirven para tus propios fines. Y si mi padre estuviera vivo, te enseñaría qué es lo que hay".

Raquel me agarró de la corbata y me acercó a su cara. "Ahora escucha, Vásquez. Conseguiré mi ascenso a jefe de policía, y nadie se va a interponer en mi camino".

Me arrojó a una pila de cubos de basura.

"Si sabes lo que te conviene, entregarás tu placa y tu arma; no quiero que te acerques a esta investigación".

Mientras se alejaba, murmuré en voz baja. "Si así es como vas a jugar, me parece muy bien".

Me levanté y me reuní con los otros miembros a tiempo para ver cómo subían a William a una ambulancia.

Richard y Shannon subieron al asiento trasero de la camioneta de Alex, mientras Zelda y yo subimos al auto patrulla. En poco tiempo, estábamos en camino.

Cuando llegamos, William estaba en la sala de radiografías. Esperamos fuera hasta que terminaron de hacer las radiografías para poder hablar con él.

Diez minutos después de que llegamos, llegó otro médico para evaluar las radiografías que le habían hecho.

"Parece que tenemos una pierna rota, doce costillas fracturadas, los dos húmeros están rotos, hay algunas fisuras en el cráneo y la mandíbula parece dislocada".

"¿Estará bien?"

"Si recibe atención médica pronto, es posible que se recupere por completo. Pero tenemos que ponerle un yeso lo antes posible".

Sacaron una cama de la habitación y la llevaron por el pasillo. Los cinco la seguimos y volvimos a esperar fuera del área de yesos mientras los médicos atendían a William.

Mientras esperábamos, Zelda y yo miramos las radiografías de William.

"Esas lesiones son muy graves". "Sí, lo sé".

Alrededor de una hora después de que William fuera atendido, todos los médicos se habían ido.

Alex, Richard, Shannon, Zelda y yo entramos en la habitación. Tomé una silla junto a la cama de William y me senté. "¿Cómo te sientes, William?"

"Acabo de interrumpir la circulación sanguínea".

"¿Por qué haría eso?" Shannon, tan frágil y vulnerable como era, no habría hecho lo que hizo William.

"Quiero morir".

"Oye, no hay razón para que te odies, William. Estoy aquí para ayudarte. Que haya una descarada e impulsiva mujer policía acusándote de hacer algo que no hiciste no significa que debas arruinar tu vida."

"No es sólo eso, Johnson". "¿Qué quieres decir?"

William miró a Richard. "¿Sabes por qué maté a mi padre e intenté matar a Patrick?"

"Para poder cobrar su seguro antes de que la póliza pudiera ser modificada". Alex sabía que era obvio.

"Así es. Estaría feliz sin importar si conseguía el seguro o no".

"¿Si? ¿Por qué?"

"Bueno, si hubiera obtenido el dinero del seguro, hubiera podido reconstruir mi vida al menos en parte. Si no, habría recibido una sentencia de cadena perpetua o la pena de muerte, ambas opciones apropiadas. No ocurrió nada de eso". Richard se cruzó de brazos. "Entonces, ¿por qué te declaraste 'inocente' e insististe en que tu padre accidentalmente provocó su propia muerte si realmente lo mataste y querías recibir la pena de muerte?". "Mi abogado me dijo que lo hiciera".

"¿Por qué?"

"Me dijo que todavía tenía una oportunidad de reclamar lo que había perdido en mi vida". "Tengo entendido que te habías quedado sin trabajo cuando mataron a tu padre".

"Sí. Y me despidieron sin ninguna maldita razón excepto que la empresa quería salvar a sus propios alfas golf-delta".

"¿Qué pasó?"

Respiró un poco para calmarse.

"Hace siete años, trabajé como mecánico de aviones para las Aerolíneas Firebird. Se produjo un accidente de avión en Kansas City, y se me culpó de supervisar un mantenimiento inadecuado del avión siete semanas antes del incidente."

Me intrigó que se mencionara a las Aerolíneas Firebird y un accidente de avión de hace siete años, pero no dije nada al respecto.

"Evidentemente, los remaches que sujetaban la parte delantera del estabilizador vertical se habían dañado durante la operación. Uno de ellos se había doblado mucho. Era del tamaño adecuado para el estabilizador, y no había suficientes remaches para completar el trabajo. La compañía aérea no quiso darnos más, así que utilicé un martillo para enderezar el remache doblado".

Una vez más, el detalle de que enderezara el remache captó mi atención. "Ese remache lo puse en el agujero inferior de la fila de remaches. Siete semanas después, cuando el avión volaba hacia Missouri, el remache dañado sucumbió a la fatiga del metal y se partió, y el estabilizador se partió por la mitad fácilmente."

"Entonces, si fue la aerolínea la que no te dio un nuevo juego de remaches, ¿por qué la culpa fue tuya?"

"Por lo visto, uno de los pasajeros envió un mensaje al control de tráfico aéreo. Una persona, un amigo o familiar de uno de los pasajeros o quien sea, se enteró de ese mensaje y descubrió un largo historial de mal mantenimiento de Firebird. Pero no sabían que las pruebas se habían obtenido como parte de una investigación criminal sobre el accidente sin una orden judicial, por lo que todas las pruebas contra las Aerolíneas Firebird fueron eliminadas para ser utilizadas en el juicio."

Zelda me miró, y supimos interpretar la mirada del otro. "Apelé a la NTSB para recuperar mi licencia, pero al final me representó Gary McCrery. Pensé que sería capaz de demostrar que había sido utilizado como chivo expiatorio. Pero no pudo, así que siguieron asumiendo que yo era el culpable".

Al final, eso me llevó a decidir poner a prueba mi presentimiento. "Sobre ese vuelo, eh, no será que era el vuelo 934 de las Aerolíneas Firebird, ¿verdad?"

"Sí, así fue. Quiero saber quién fue el que dio la noticia al control de tráfico aéreo, sacó a la luz las malas prácticas de Aerolíneas Firebird y arruinó mi vida para siempre". Apretó la mano, tratando inútilmente de cerrar el puño. "Y cuando lo encuentre, se llevará un buen golpe".

Volví a mirar a mis amigos, sabiendo exactamente de quién estaba hablando. Claro, William estaba en mal estado, pero bien podría cumplir su amenaza en cuanto se recuperara.

Comencé a salir de la habitación, acelerando tras doblar la esquina. Los otros cuatro me siguieron.

CAPÍTULO XXIV

EL DESCUBRIMIENTO

Alex fue el primero en hablar. “Entonces, ¿fue William quien supervisó la pésima operación de mantenimiento del vuelo 934 de las Aerolíneas Firebird?”

“Parece que sí”. Richard estaba sorprendido por lo que habíamos descubierto.

“¡Todo tiene sentido!” Zelda unió las piezas. “Si William York era el mecánico, eso explicaría la actitud del juez Hershel hacia él”.

Shannon se giró hacia mí. “Entonces, ¿por qué saliste corriendo de la habitación, Johnson?” “¿No oíste lo último que dijo William?”

“Sí, alguien en el vuelo 934 le dijo al control de tráfico aéreo lo que había ocurrido en el avión, y William terminó perdiendo su licencia de mecánico a causa de ello”.

“¿Sabes quién fue?” Seguí corriendo en línea recta y no me fijé a dónde iba. Llegué a la escalera y me caí por un escalón.

Me golpeé la espalda con una tubería que subía por la pared, lo que me dejó sin fuerzas. Me quedé tendido junto a la puerta parcialmente abierta al final de la escalera, jadeando y quejándome.

Pude ver cómo mis amigos bajaban corriendo las escaleras hasta donde yo estaba para ayudarme.

Alex me tendió la mano. “¿Estás bien, Johnson?”

Agarré la mano de Alex y me levantó. “Sí, estoy bien, gracias”. Me sacudí el polvo y verifiqué todo mi cuerpo y todo lo demás para asegurarme de que estaba en una sola pieza.

Fue entonces cuando noté a mamá en las escaleras dirigiéndose hacia nosotros. "¿Mamá? ¿Qué estás haciendo aquí?"

"Me enteré de lo que le pasó a William". "Oh, ¿ibas a ver cómo estaba?" "Sí."

"Bueno, todavía está vivo, así que..." "Bueno, qué bien".

Fue entonces cuando vi una nota doblada bajo el cinturón de mamá.

Todos sabíamos lo que iba a pasar, y la tomé para examinarla. "¿Qué es eso?" Preguntó mamá.

"Otra nota, seguro".

La desdoblé, y efectivamente, otro poema.

Valiente y muy impresionante, lo confieso
En este momento, hay todavía una cosa más que abordar
Notablemente tienes todas las pistas que necesitas,
Solo tienes que resolver este rompecabezas. De hecho, es muy fácil
Has conseguido todos los números de cada nota
Lo que harás ahora entonces es ver lo que escribiste
Incluso tengo mi última víctima lista para matar
Nuevamente, ¿Quién es? Van a tener que ser hábiles

— — — — — — — —   — — — — — — — —

— — — — — — — —   — — — — — — — —

Me giré hacia Alex. "¿Tienes las otras notas que se recogieron?" Metió la mano en el bolsillo y las sacó. "Aquí tienes, Johnson". "Gracias". Escribí cada grupo de números de las notas en mi cuaderno.

8, 16, 4, 19, 14, 18, 23
3, 25, 2, 6, 17, 27, 13
10, 26, 5, 7, 15, 20, 28
21, 9, 24, 11, 12, 22, 1

De inmediato, pude ver que la inicial de cada línea de la nota decía VENSHLIN. Tenía que ser el responsable de este desastre. Sabía que Venshlin no era más que un seudónimo, y que debía tener algún tipo de resentimiento contra el sistema judicial. Además, parecía que se remontaba al resultado de las audiencias del juicio de Firebird 934.

Entonces me di cuenta de algo. Los números de cada poema eran todos los números del 1 al 28 en un orden aleatorio. Tal vez tenía que descifrar algo para conseguir el nombre de la última víctima que iba a ser asesinada. ¿Pero cómo?

Richard se rascó la cabeza. "¿Cómo consigue Venshlin hacernos llegar sus notas sin que nadie se dé cuenta?".

Alex se encogió de hombros. "Es un verdadero genio, te lo aseguro".

Martha se rio. "¿Tal vez podamos hablar de esto durante la cena en mi apartamento?"

Todos murmuramos diciendo que sí.

Nos quitamos los abrigos y los zapatos en la puerta principal y nos sentamos en la mesa del comedor, casi preparada.

Mamá trajo una comida de salmón y galletas.

Mientras nos servíamos, mamá nos puso los cubiertos y las tazas para todos. "Entonces, ¿ya han descubierto quién está cometiendo todos estos crímenes?"

"Hemos establecido un motivo para los cuatro asesinatos. Todo fue parte de la venganza de Venshlin contra el sistema judicial por haber absuelto a las Aerolíneas Firebird. Y William intentó suicidarse hoy corriendo delante de un autobús".

"¿Por qué intentó hacer eso?"

"Resulta que en realidad planeaba matar a su padre y a mi hermano; era el mecánico que realizaba el mantenimiento del Firebird 934 antes de que se estrellara. Hemos podido averiguar que Zachary Venshlin es un seudónimo de alguien que ha estado chantajeando a Shannon".

Mamá se sentó en su sitio. "¿Chantajeado? ¿Por qué?"

"Me han chantajeado para que proporcione a alguien una poción que inventé hace años; permite al usuario asumir la forma que más desee. Quienquiera que sea, es probable que la utilice para convertirse en Zachary Venshlin".

"Y cuando los cinco nos drogamos en la tienda de Alex, las mujeres se volvieron más masculinas. Así que eso podría aumentar las posibilidades de que se convierta en un hombre".

"Pero seguimos sin saber quién es realmente; bien podría ser cualquiera".

Mamá volvió a colocar el recipiente en el posavasos. "¿Incluso alguien de esta misma habitación?"

Richard se burló. "Eso sí que es un cliché sobre el misterio del asesinato".

Alex se encogió de hombros. "Nunca se sabe".

Saqué el tenedor de la boca. "Ya he tenido suficientes acusaciones por parte de Rachel, muchas gracias".

Alex levantó las manos. "Oye, no estoy acusando a nadie". "La verdadera personalidad de Venshlin sabía de mi poción, así que debe ser alguien

que sabe quién soy. Y todos nosotros estuvimos en el juicio por asesinato con él". "William no sabía de ninguno de nosotros hasta después de su juicio por asesinato, así que no pudo haberlo hecho. Además, por el hecho de que siempre me he convertido en Brandon Chide por la noche, Johnson no puede ser Venshlin porque se había convertido en sargento de instrucción. Patrick y William no pueden ser él ya que ambos estaban con Venshlin en el juicio. Y no puede ser Rachel, ya que ella pensaba que el accidente de Las Aerolíneas Firebirds era un montaje publicitario".

Coloqué todas las notas que encontramos y me levanté de la mesa. "¿Qué tal si intentan resolver este rompecabezas? Traeré bebidas para todos".

"De acuerdo".

Entré en la cocina, y lo primero que noté fue que había una pequeña cubeta de líquido en la encimera. Pensé que era agua jabonosa, así que la tiré por el fregadero.

Cuando abrí el armario de cristal, cayó una botella vacía. Lo miré y vi que era un frasco de pastillas para dormir.

También encontré en el armario una gran cantidad de estuches de agujas de coser, todos ellos vacíos.

Coloqué todo en una pila y me pregunté si había algo más que encontrar. No había nada que encontrar en el cajón de los cubiertos, y el del horno también estaba vacío.

Pero en el armario bajo el fregadero encontré un paquete de cigarrillos, un mechero, una hoja de afeitar ensangrentada, varios billetes de 20 y 50 dólares, una botella de Kirsch y un kit de maquillaje muy elaborado que consistía en polvos faciales, pintalabios de varios colores, lápiz de ojos, cintas para el cabello y esmalte de uñas.

Todo esto era extremadamente inusual.

Cerré el armario y puse todas las cosas que había encontrado en su sitio.

Al levantarme, observé una gran cantidad de lo que parecía azúcar desparramada en la encimera, cerca de la máquina de café. La recogí en una mano para tirarla, y mientras se acumulaba en mi mano, me di cuenta de que el azúcar no era blanco; era una especie de color verde anaranjado neón.

Fue en ese momento cuando me di cuenta de que el polvo grueso eran restos de las mezclas de las bebidas que preparaba Shannon.

Enseguida me di cuenta de a quién me enfrentaba exactamente. Todas las piezas encajaron perfectamente a medida que iba contando todas las pistas que tenía. Sólo quedaba una pieza.

Desde el comedor, escuché a Zelda gritar "¡Oh, Dios, no! Esto no puede ser!"

Dos segundos después, Shannon gritó. Esto fue rápidamente seguido por el sonido de pasos saliendo de la habitación como si el lugar estuviera en llamas.

Cuando volví, todos se habían ido. Lo único que vi sobre la mesa fue la nota, así como el nombre completo de Venshlin escrito en una hoja aparte. Las 28 letras del nombre estaban numeradas.

Me di cuenta de que muchos de los espacios en blanco de la parte inferior de la tarjeta habían sido rellenados, pero no todos. Me di cuenta de que lo que aparecía en los espacios en blanco había aterrado a todos mis amigos tanto como para que huyeran asustados sin decirme nada.

Miré los números de las otras notas. Cuando lo comparé con la última nota, pude rellenar el resto de los espacios en blanco con las letras correspondientes. Cuando todos los espacios en blanco estaban llenos, me di cuenta enseguida de lo que había sucedido.

Fue entonces cuando se me heló la sangre. Después se me erizó la piel. Entonces mis dedos se paralizaron en su posición.

La habitación empezó a girar mientras yo temblaba.

En cuestión de segundos, perdí el conocimiento y caí inconsciente al suelo.

CAPÍTULO XXV

LA REVELACIÓN

Wuando recobré la conciencia, me encontraba en una oscuridad total. Al principio, pensé que era de noche. Pero pronto me di cuenta de que ya no estaba en el apartamento.

Me desperté sentada en un asiento de fieltro con los brazos atados a la espalda.

Rápidamente pude percibir el sonido de las ruedas que chocaban contra los raíles. Cada tres segundos, más o menos, pasaba un destello de luz que aparecía y luego desaparecía en la oscuridad.

Tenía las muñecas atadas a la espalda con cables, así como los pies y las rodillas. Curiosamente, no estaba amordazado ni atado al lugar donde estaba sentado. Pero sabía que estaba en problemas.

Entonces se encendieron las luces del tren. En la penumbra, pude ver un gran cuchillo que sujetaba muy cerca de mi garganta. No me asusté ni me moví; simplemente miré fijamente a la mujer que sostenía el cuchillo.

Su postura era extraña debido a su débil rodilla. Tenía el pelo teñido de blanco y llevaba un uniforme de azafata. Tenía los labios pintados de negro, las uñas negras, la piel muy maquillada y unas gruesas pestañas.

Se quedó allí, con el puñal en la mano, mirándome como si hubiera matado al presidente.

Su comportamiento no me perturbó mientras le hablaba. "Sabía que eras tú".

Sacó el cuchillo de mi cuello, lo colocó en una funda en su muslo y se sentó frente a mí en el vagón. "Así es. Me imaginé que me atraparías pronto".

"Sé lo que planeas hacer".

"Oh, yo puedo esperar a eso. Quiero ver lo buen detective que te has convertido". Sacó un cigarrillo de su bolsillo y me ofreció uno, que rechacé.

"Entonces, ¿quieres que pruebe cómo sé que fuiste tú y por qué lo hiciste?" "Así es". Sacó un mechero y lo encendió.

"Muy bien, puedo seguir con este juego. Empecemos por el principio, ¿te parece?"

Sopló una delgada nube de humo en mi dirección. "Es tu historia, empieza por donde quieras".

"No querías destruir el sistema de justicia. Estabas enfadada con Las Aerolíneas Firebirds porque se salieron con la suya y cometieron un acto indescriptible. Ellos fueron la razón por la que el vuelo 934 se estrelló, pero fue William York quien asumió la culpa. Impugnaste el sistema de justicia por el mal manejo del caso y juraste venganza".

"Así que, tienes la base establecida; bien por ti".

"Enfocaste tu ataque a los hombres que participaron en el juicio. Manipulabas los casos judiciales en los que estaban implicados para absolver a los acusados verdaderamente culpables. Pero tu verdadera venganza no estaba en los tribunales; sin embargo, todavía tenías negocios con ellos".

Ella solo me sonrió; estaba en lo cierto.

"Harold Satchel defendió a las Aerolíneas Firebird. Era el abogado más hábil que se haya visto. Era popular entre todos los que lo conocían, excepto los que estaban en contra de él en los tribunales. Sus hábiles acciones de defensa lo convirtieron en un objetivo para ti".

Mientras hablaba, empecé a tocar los cables de mis muñecas intentando encontrar un nudo que pudiera desatar.

"Martin Hershel era el juez que presidía el juicio. Nadie sabía que su cuñado trabajaba para Firebird, y quería sustituir a William York como jefe de mecánicos".

Moví los cables alrededor de mis muñecas para poner el nudo al alcance de mis dedos.

“Cuando William apeló a la NTSB para que le devolvieran su licencia de mecánico, su abogado era Gary McCrery. Era muy malo manejando juicios, y no pudo evitar que su cliente se hundiera.

“Tú, como miles de personas, te enfureciste al ver que la aerolínea fue dejada libre de cargos, incluso con una gran cantidad de pruebas en su contra. Entonces, juraste vengarte. Pasaste lo que quedaba de los siete años que siguieron al accidente del vuelo 934 causando estragos en la gente que servía en la sala”.

Por fin encontré el nudo y traté de desatarlo, lo cual fue más fácil decirlo que hacerlo.

“Un tiempo después del juicio, Shannon Thomson creó una mezcla de bebidas que provocó la creación de Brandon Chide. Se las arregló para hacerse con la receta y, con ella, dio lugar a su propia identidad secreta: Zachary Venshlin. Bajo este alias, te inscribiste en la Academia de Derecho Wainwright para aprender sobre el sistema judicial”.

Ella levantó la vista del reloj que llevaba bajo la manga. “Sigue, te escucho”.

“A medida que tu educación avanzaba, comenzaste a realizar pequeños actos contra los tribunales. Durante tus cuatro años en la facultad de Derecho, la gente empezaba a salir impune de los delitos simplemente porque tres personas clave no corregían los errores de una famosa compañía aérea.

“A medida que se acumulaban los expedientes, ibas elaborando poco a poco tu ultimátum: acabar con los hombres que crees que dejaron impunes a los causantes de 75 muertes”.

El nudo era difícil de desatar, sobre todo porque tenía las manos en la espalda.

“Tu primer objetivo fue el tan admirado Harold Satchel. Sabías que Zelda y yo estábamos investigando lo que habías hecho, y que Satchel tenía un gran conocimiento de los juicios en los que representaba, así que le pediríamos pistas. Mientras Satchel y yo nos dirigíamos a la comisaría para acompañar a William York en su interrogatorio, nos espiaste. En el restaurante, introdujiste la primera de las cinco notas en el envoltorio de mi hamburguesa después de que intentara tirarlo. La gran cantidad de gente te permitió entrar y salir sin levantar sospechas.

"Tenías un carámbano que utilizarías para apuñalar a Satchel en el cuello. Luego tirarías el carámbano para destruir la evidencia física. Nos estabas esperando en el tren. Con el grupo de gente que se dirigía a comer, pudiste llevar a cabo tu crimen de manera discreta. Luego recogiste la sangre para deshacerte de las pruebas, así como para utilizarla más tarde".

Finalmente logré aflojar parte del nudo, pero no tanto como para liberarme.

"Había un obstáculo importante en tu plan: mi padre. Sabías que te seguiría la pista en cuanto encontraran a Satchel bajo la escalera mecánica. Así que había que deshacerse de él antes de que pudiera desenmascararte.

"Mandaste secuestrar a papá, lo ataste con cables y lo llevaste a la Academia de Derecho Wainwright. Llenaste su ropa con las páginas de un manual de entrenamiento de aviones y le prendiste fuego con una vela. Dejaste caer tu segunda nota cuando regresaba a la estación de metro donde mataste a Satchel.

"La portada del manual la dejaste sin quemar como prueba de una conexión con el vuelo 934. La forma de la muerte de mi padre también hace referencia al incidente.

"Una vez eliminada la mayor amenaza, Rachel y yo no tardamos en competir por resolver el misterio, ya que la primera estaba deseosa de obtener un ascenso a jefe de policía y yo tenía hambre de venganza por la muerte de mi padre. Ella estaba dispuesta a culparnos a mí y a William como autores intelectuales de su complot para librarse del estorbo que suponía en su investigación "oficial"".

Dejó un par de cenizas de su cigarrillo en el cenicero del reposabrazos que tenía a su lado.

"No eras tonta; sabías que si actuabas con demasiada rapidez tras los dos primeros asesinatos, te pondrías en una situación delicada antes de tiempo. Así que esperaste hasta que se celebrara el juicio por el asesinato de William. Con la ausencia de Satchel, sustituiste al nuevo abogado de William. Como me enteré más tarde, él quería recibir la pena de muerte en el juicio. Pensó que lo harías mal porque eras nuevo, pero lo declararon inocente y lo dejaron libre de cargos.

"Fui a su oficina para buscar pistas que le relacionaran con los asesinatos. Encontré pruebas que indicaban que 'Zachary Venshlin' era un seudónimo, y que tenías un gran interés con el juicio de las Aerolíneas Firebird. Y ahí es donde encontré tu tercera nota.

"Por supuesto, yo había empezado a darme cuenta, pero tú ya habías matado a Hershel. Lo arrojaste a la vía del metro, a la que se accede por un pasaje de escape utilizable sólo por los empleados del ferrocarril, cuyos medios adquiriste a través de tu operación de sabotaje, y se electrocutó con el tercer carril de la vía. Después fue atropellado por un tren, por lo que su muerte pareció un accidente.

"Así que una vez más, esperaste. Durante ese tiempo, pudiste abastecerte de agujas para el cuarto asesinato.

"William estaba desesperado por demostrar su inocencia de tus crímenes, pero Rachel buscó convencerse de que yo estaba bajo la influencia de William.

"Por último, llegó la hora para asesinar a Gary McCrery. Después de llevarlo a su granero y apuñalarlo miles de veces con agujas, escondiste las agujas en pajares distribuidos por todo el granero, que tuve que encontrar para conseguir alguna prueba contra ti."

Se rió entre dientes durante un instante antes de seguir escuchando. Finalmente me liberé y coloqué el trozo de cable en el asiento de al lado.

"Como me había dado cuenta en ese momento, tu cuarta nota la recibí mucho más tarde. El mensaje de la pared estaba escrito con la sangre de Satchel y McCrery.

"Pero incluso cuando encontramos las agujas en los pajares, Rachel seguía negándose a aceptar el hecho de que William y yo no teníamos nada que ver con esto. Bueno, técnicamente, William tuvo algo que ver, aunque nadie se dio cuenta todavía. De todos modos, William finalmente se rindió y trató de suicidarse. Sobrevivió para decirnos que era el jefe de mecánicos que revisaba el vuelo 934 antes de que se estrellara. Eso fue lo que lo llevó a matar a su padre y a intentar matar a Patrick".

Fue en ese momento cuando desaté los cordones de mis piernas. Puse ese cordón con el otro.

"Rachel creía que William me tenía bajo su influencia manipulando el sistema de justicia como venganza por no haber servido a las Aerolíneas Firebird. Ella sabía el motivo de la operación, pero se equivocó de sospechoso. Sabía que nunca resolvería el caso mientras nos persiguiera a mí y a William como culpables.

"No tardé en descubrir que William iba detrás de la misma persona que tú. Supe que el culpable no podía ser ni William ni yo. Con las pruebas que encontré después, supe que sólo había una persona con motivos y capacidades para llevar a cabo estos crímenes. También sabía quién fue el que propició la última prueba de las Aerolíneas Firebird, y lo encontraría aunque me matara".

Se rio ante la ironía de mi afirmación, pero rápidamente se recompuso. "Con tu última nota, revelaste tu verdadero objetivo. Habías creado

la identidad de tu alter ego como un anagrama del nombre de la víctima, a quien creías culpable de que el sistema judicial no hubiera determinado la responsabilidad de las Aerolíneas Firebird en el accidente del vuelo 934.

"Ese hombre fue el único pasajero a bordo que rescató a la tripulación cuando el avión se incendió. Los pasajeros que sobrevivieron lograron recuperarse porque él pidió ayuda por radio. Esa fue la primera pieza que condujo al despido de William York y a que Firebird evadiera la justicia. Ese pasajero era el origen de tu venganza".

Hice una pausa mientras asimilaba mi historia. Ella dio una última calada a su cigarrillo antes de que yo terminara.

"Ese pasajero... era tu único hijo que sobrevivió".

CAPÍTULO XXVI

LA CONFRONTACIÓN

Mamá y yo nos levantamos y nos acercamos el uno al otro. Ella sólo sonrió cuando le di los cables que había desatado mientras le contaba mi historia.

Su voz se volvió más seductora. "Debo decir que has demostrado ser bastante bueno, Detective Privado Vásquez". Ella tiró su cigarrillo sobre el vagón. "¿Alguna vez pensaste en cuánta gente desearía la vida que tienes?"

El cigarrillo encendió la alfombra del otro extremo del vagón. Pero ambos ignoramos el fuego por el momento.

"¿Qué quieres decir?"

"No todos los días alguien es víctima de un accidente aéreo y vive para contarlo. Y menos son capaces de realizar un acto de heroísmo en semejante situación".

"Es comprensible".

"Si no hubieras entrado en la cabina, los pilotos nunca habrían escapado. Ese rescate fue algo que muchos desean lograr en su vida".

"Seguro que sí".

Mamá movió mi barbilla para mirar fijamente mis ojos. "No habrían sabido qué tipo de consecuencias habrían surgido de eso. Fue la llamada de socorro lo que llevó a Zelda a investigar y descubrir los métodos de mantenimiento de las Aerolíneas Firebird. Pero gracias a la regla de exclusión, Firebird estaba prácticamente fuera del alcance de la ley".

El humo rodeó su cintura por detrás como si fueran los brazos de papá. "Si todos supieran que fuiste tú quien envió ese mensaje, te harían arder en el infierno como un cerdo repleto de gusanos".

Sacó su cuchillo y una vez más lo acercó a mi garganta. "Podemos hacer esto por las buenas o por las malas. ¿Cómo quieres que sea?"

Estaba inmovilizado contra la pared. Un movimiento en falso y estaba muerto. En ese momento, el fuego se había apoderado, y estaba empezando a arder a través de la parte delantera del tren. El movimiento del tren hizo que las llamas se acercaran a nosotros y al resto del tren, que estaba siendo envuelto por el humo. Rápidamente, la única luz que había en el vagón era la del fuego.

No hice ningún movimiento para alejarla. "Supongo que la forma fácil sería que me mataras aquí y ahora, y la forma difícil es esperar a que el fuego acabe con el tren".

Ella asintió diabólicamente, todavía sosteniendo el arma bajo mi barbilla y mostrando una sádica sonrisa.

Tenía que pensar rápido, algo en lo que no era bueno. Las ventanas eran de plexiglás, así que sería casi imposible romperlas o desprenderlas. Y las puertas parecían incapaces de abrirse manualmente, especialmente mientras el tren estaba en movimiento.

Pero, a pesar de la gravedad de la situación, sabía que si quería tener alguna posibilidad de salir del tren y evitar cualquier peligro, sólo tenía una opción.

Respiré profundamente. "Elegiré el camino difícil".

Mamá me quitó el arma del cuello y la colocó en su funda. "Si es así como quieres hacerlo. No tiene que ser rápido. Creo que sería una excelente oportunidad para recapacitar sobre el error de tus actos. Y ten en cuenta que puedes suicidarte en el momento que quieras".

No sabía si uno de los dos sería capaz de escapar del fuego. Por lo que yo sabía, el tren se conducía solo, y no había forma de saber dónde estaba o a dónde se dirigía el tren. Y sólo mamá sabía dónde se detendría el tren, si es que lo hacía. No tenía ni idea de lo que podía ocurrir en la situación en la que me encontraba. El freno de emergencia estaba fuera de mi alcance, así que casi no había esperanza de que yo pudiera detener el tren.

El vagón en el que viajábamos estaba en llamas, y de repente el tren se detuvo. Mamá y yo nos agarramos a los bastones para evitar caer en las voraces llamas. El humo que rodeaba el tren se disipó brevemente y pude ver que, por pura casualidad, estábamos parados en una estación.

Corrí a través de un agujero en llamas que había atravesado el costado del tren derretido, trayendo conmigo fuego y plástico y aluminio fundidos. Corrí hacia las escaleras mecánicas que llevaban a la calle de arriba.

"¡Oh, no, no lo harás!" Mamá me pisaba los talones.

Salió del tren detrás de mí y saltó sobre mí cuando la vi.

Ambos giramos el uno sobre el otro, tratando de golpearnos contra el suelo de cerámica caliente. No sabía si se trataba de repetidos cambios de posición o de intentar apagar las llamas que teníamos encima.

En cualquier caso, tras treinta segundos de golpes y vueltas, conseguimos apagar las llamas que teníamos encima.

Ambos estábamos heridos, sangrando y quemados. Y el humo empezaba a llenar el túnel.

El cuchillo cayó de la funda de mamá y los dos nos abalanzamos sobre él. Lo agarramos al mismo tiempo y luchamos por el arma. "Vamos, Vásquez; sabes que vivirás el resto de tu vida con culpa si logras ganar esto".
"¡Y tú también!"

"Por favor. De todos modos, la verdad será contada por uno de los dos".
"¿Por qué lo harías?"

No contestó, sino que se esforzó más por quitarme el cuchillo.

Conseguí quitarle el cuchillo de las manos, cortándome un dedo en el proceso. Me levanté y me apresuré a ir a las escaleras mecánicas mientras aún podía verlas. El humo era cada vez más espeso y el túnel estaba cada vez más caliente.

Mamá intentó estrangularme con los cables que había utilizado para atarme.

"Quizá deberías intentar pedir ayuda; fuiste capaz de hacerlo después del accidente de avión".

Agarrando el cuchillo con todas mis fuerzas, lo clavé en sus dedos y en los cables, luchando por recuperar el aliento.

"Sabes, soy lo único que te impide respirar este humo".

Ella no tardó en luchar contra dicho humo, y yo pude liberarme.

Recuperé algunos de los cables, y me dirigí hacia la escalera mecánica inactiva, manteniendo el cuchillo apuntando a mi agresora.

"¿Crees que puedes escapar tan rápido? Todavía tienes que pasar por encima de mí". Los dos empezamos a golpearnos mutuamente durante toda la subida de la escalera mecánica.

Cuando llegamos arriba, ella me agarró de la mano y una vez más luchamos por el cuchillo, cada uno golpeando al otro con los cables. Mientras la lucha por el control se prolongaba, el humo, cada vez más espeso, nos rodeaba.

"Puedes esconderte, pero no puedes huir, Detective Privado Vásquez. Sal y muéstrate".

Mamá finalmente tenía el control total del cuchillo, pero con el humo, sólo podíamos identificarnos por nuestra tos.

Varias veces, lanzó el cuchillo hacia mí a ciegas, cada vez fallando o dejando sólo un pequeño corte. Pude aprovechar esto y golpearla con el cable.

Enseguida pudimos ver las siluetas del otro, y ella se abalanzó hacia delante, lanzándome contra la barandilla.

"Esto es todo". Tosió durante unos segundos. "¿Algunas últimas palabras antes de que te termine para siempre?"

Me estaba costando respirar, pero aun así tenía que decir lo que quería. "No me arrepiento de nada-*tos*-excepto de que la moral no es lo que se dice".

Levantó el puñal por encima de su cabeza, dispuesta a clavarlo en mi piel como un caballero que se cierne sobre un dragón moribundo. Pero antes de que pudiera bajarla de nuevo, utilicé toda la fuerza que me quedaba para lanzarnos a los dos por el borde.

En dos segundos, aterrizamos en el suelo de cerámica de la plataforma. El sonido del impacto retumbó con el sonido de un chapoteo que resonó en el túnel.

Me lancé hacia el borde de la plataforma y me detuve justo antes de caer.

Permanecí allí durante unos dos minutos mientras el humo se apoderaba de mí.

Al ponerme en pie, me sorprendí de que aún estuviera vivo. Apenas pude ver lo que me rodeaba en medio del humo que me cegaba.

No tardé en descubrir lo que me resultaba impresionante.

En la plataforma de cemento quemado, plasmado en sangre, estaba el símbolo de mi triunfo.

Sólo pude mirar con incredulidad. Nunca había sentido emociones hacia la muerte hasta ahora. La mujer que me había traído a este mundo descansaba ahora destrozada por sus acciones y las mías.

Como policía, siempre creí que el bien sería quien vencería al mal; la siempre presente población de delincuentes me había convencido de que podría cumplir mi deseo de un estilo de vida aventurero.

Ahora, al ver a esta mujer, la que le dio a Alex el don de ser sociable, a Richard el don de la paciencia, a Shannon el don de la valentía y a Zelda el don de la moralidad, me sentí como si estuviera muerto.

Era impensable que una persona así hubiera intentado matar a su único hijo por esquivar la muerte cuando su hermano no lo había hecho.

Le quité la camisa al cadáver fresco boca abajo y me llevé la prueba que sin duda probaría el caso. La envolví en la camisa que había quitado, la até a la trabilla de mi cinturón y recogí mi sombrero que yacía cerca.

Mientras caminaba hacia las escaleras mecánicas que bajaban hacia mí, pude ver que el tren expulsaba humo como el que había visto en Wainwright. Recordé las llamas del Vuelo 934, vi cómo se expandían desde el avión en ruinas.

El humo ocultó las llamas y subí por la escalera mecánica hasta la calle de arriba.

CAPÍTULO XXVII

LAS CONSECUENCIAS

Salí del túnel, jadeando, y lo primero que vi fueron patrullas de policía y camiones de bomberos estacionados en la calle. Rachel, Bethany, William, mis amigos y algunos de mis colegas, así como los bomberos, me estaban esperando.

Sin aliento, herido, quemado, cubierto de tizne y con cortes en varias zonas, mi aspecto era espantoso.

"¡Ja!" Rachel me señaló con un dedo. Tenía un parche en el ojo izquierdo. "¡Te atrapé con las manos en la masa!"

"Sí, tiene las manos manchadas de sangre". Alex seguía siendo él mismo a pesar de que eran las 10 de la noche.

"¿Qué hacen todos aquí tan rápido?" Estaba seguro de que nadie sabría dónde estaba, especialmente en medio de la noche.

"Vimos una gran columna de humo que salía del túnel". William tenía yesos en los brazos y bajo la camisa, vendas en la cabeza y alrededor de ella, y una pierna entablillada; sin embargo, a mi lado apenas tenía un rasguño.

"Si ser apuñalado y quemado tres veces hasta morir y William en el hospital no es prueba suficiente para ti", me di cuenta de que Rachel se negaría a escuchar lo que iba a decir, "entonces puedes regalar tu uniforme a alguien que lo merezca. Yo no me hice esto, y puedo demostrarte quién es".

"Siempre dices eso; mentiroso, mentiroso, pantalones en llamas".

Alex mostró un ramo de flores que echaba agua. "En serio, tus pantalones están en llamas".

Miré hacia abajo. "Así es".

Alex me lavó con una manguera, y yo tomé unos cuantos tragos de agua mientras lo hacía. Después de apagar los pantalones, Rachel se acercó a mí, interponiéndose entre la entrada del túnel y yo. "Así que, veo que has conseguido matar a tu última víctima, Detective Privado Vásquez".

"Te diré que la 'víctima' era la que estaba disfrazada de Zachary Venshlin. Fue esta persona la que había matado a los cuatro hombres y ha saboteado los casos judiciales durante los últimos años, pero finalmente se enfrentó a la justicia."

"Entonces, ¿quién fue?"

Desaté la camisa manchada de sangre de mi cintura, busqué el objeto que había dentro y agarré suavemente la parte superior. "Tú pediste esto, Rachel Jane Dinesen".

Levantando rápidamente el brazo, me quité la camisa como si fuera una sábana. Descansando en mi mano estaba la cabeza cortada, cubierta de moretones quemados y sangre calcinada. La sangre impregnada de hollín goteaba del cuello cortado, pero la cabeza estaba en mejor estado que yo. El pelo chamuscado era un desastre tiznado alrededor de mis dedos, pero la cara, maltrecha y chamuscada como estaba, era inconfundible.

También podría haber mostrado la cabeza de Medusa.

Rachel se quedó boquiabierta y se echó hacia atrás, conmocionada. Todo su cuerpo se congeló. Intentó levantar la mano para cubrirse de lo que estaba viendo, pero no pudo ponerse la mano delante de la cara.

Vi cómo su ojo visible rodaba hacia la parte posterior de su cabeza. Dio un paso atrás, pero pisó el borde de la escalera y cayó como una escultura de cera, cayendo al abismo lleno de humo, fracturándose el cráneo en el suelo de cerámica.

Me di la vuelta para mostrar la cabeza a los demás. Todos gritaron asustados.

Richard habló con la respiración entrecortada. "¿Es... eso...?"

"Sí. Zachary Jacques Tolono Venshlin, alias la profesora Martha Ida Laverne Faulkner-Vásquez".

Shannon gritó y se desmayó. Zelda tomó impulso y salió corriendo. Bethany miró de un lado a otro del túnel, a mí, a la cabeza en mi mano, a William... y cayó de rodillas llorando.

Alex se recuperó de su asombro. "Ella debió haber perdido la cabeza allí, ¿eh?"

Afirmé ante él, devolviendo la cabeza a la camisa de donde la había sacado. "Ella buscaba a la misma persona que William, lo creas o no".

William parecía estar confundido. "¿Y cuándo he dicho yo algo así?"

"En el hospital. ¿Recuerdas cuando nos contaste tu papel en el accidente del vuelo 934 de las Aerolíneas Firebird?"

"Ah, sí. Ahora lo recuerdo".

"Ella también le guardaba rencor al pasajero que envió el mensaje al control aéreo".

"Entonces, ¿fue ella la que saboteó los tribunales y mató a todos los implicados en ese juicio? ¿Y todo fue por culpa de que yo asumiera la culpa del fracaso de las Aerolíneas Firebird?"

"Sí. Y ella sabía quién fue el que acabó haciéndote perder tu licencia de mecánico de aviones".

"¿Quién fue?" "Fui yo".

Todos me miraron sorprendidos.

William miró a la cabeza y luego volvió a mirarme a mí. Soltó los puños, se tiró contra una farola y echó la cabeza hacia atrás para mirar las nubes. "¡¿No queda piedad en este mundo?!"

Richard se giró hacia la columna de humo que salía del túnel subterráneo, y luego se dirigió a mí. "Creo que lo más recomendable sería ir a un hospital, Johnson".

Con todo lo que había pasado en la última media hora, estuve de acuerdo. "Sí, buena idea, Richard".

Los bomberos descendieron al túnel con aparatos de respiración, y Shannon y yo fuimos llevados al hospital. No puedo contar hasta hoy la sensación de euforia que tuve mientras viajaba en la ambulancia.

Eran las 7:45 de la mañana cuando llegó la enfermera. Trajo una bandeja con mi desayuno de avena, puré de manzana y leche y la puso delante de mí. Alex, Richard, Shannon y Zelda la siguieron.

Shannon estaba envuelta en una manta y temblaba, a pesar de que había 77 grados en la habitación. Era evidente que estaba demasiado asustada y a punto de sufrir un ataque de demencia.

Yo tenía el brazo izquierdo en un cabestrillo, el vientre envuelto en vendas mojadas en medicina para quemaduras y la pierna izquierda tenía un corte bastante grave. Aparte de eso, estaba en muy buenas condiciones. Los médicos dijeron que me recuperaría completamente.

La enfermera se dio la vuelta para marcharse. "Si necesita algo más, llámeme".

Una vez que se fue, la televisión puso las noticias de la mañana.

"Funcionarios de la policía han sido testigos de un dramático suceso anoche, cuando el oficial Johnson Vásquez, de 27 años, salió de un túnel de metro en llamas llevando la cabeza cortada de su madre de 57 años, la profesora Martha Vásquez.

"La ex jefa de policía Bethany Dinesen, que presentó su dimisión anoche, afirma que Johnson estaba investigando una serie de casos judiciales en los que se han dictado veredictos de 'no culpabilidad' a acusados que eran realmente responsables de los cargos que se les imputaban. Johnson ha vinculado a la profesora Vásquez como la autora intelectual de la trama de sabotaje, además del asesinato en serie de cuatro hombres, uno de los cuales es su propio marido, el detective Daniel Vásquez. Quinn Fichus tiene la historia. ¿Quinn?"

"Gracias, Doreen. Johnson Vásquez y cuatro de sus amigos cercanos han llegado a la conclusión de que lo que inició la matanza de la profesora Martha Vásquez ocurrió hoy hace siete años.

"Ese día, 29 de marzo de 20-, el vuelo 934 de las Aerolíneas Firebird se estrelló en el río Missouri, cerca de Kansas City, Missouri. Murieron 75 de las 200 personas que iban a bordo. La causa fue considerada por la Junta Nacional de Seguridad del Transporte como una operación de mantenimiento que puso remaches defectuosos en la aleta vertical del avión. El supervisor, William York, de 49 años, fue declarado culpable de mala práctica intencionada y se le retiró la licencia de mecánico.

"Supuestamente, Martha Vásquez se inscribió en la Academia de Derecho Wainwright bajo un seudónimo para aprender sobre el sistema de justicia. Trece juicios fueron manipulados con veredictos falsificados de 'no culpable' en los últimos cinco años, y en los últimos ocho meses, cuatro hombres fueron asesinados por la profesora Vásquez.

"El hijo de Vásquez, Johnson, y sus amigos fueron capaces de deducir lo que estaba haciendo, y anoche, Johnson fue secuestrado por la profesora Vásquez. Los dos se enfrentaron en una ardiente pelea en el metro, y

Johnson salió victorioso llevándose la cabeza cortada de la profesora Vásquez.

"Cuando Johnson mostró la cabeza a los policías y bomberos reunidos fuera de la estación de metro anoche, la hija del jefe de policía Dinesen, Rachel, se asustó al ver dicha cabeza.

"Según el testimonio de Johnson, Rachel Dinesen estuvo dirigiendo una investigación incorrecta sobre los asesinatos para conseguir un ascenso a jefe de policía. Los dos oficiales estaban en una dura competencia para resolver el misterio, y cuando Johnson presentó las pruebas firmes, Rachel se escandalizó mucho.

"Johnson está ahora sometido a la vigilancia de sus colegas sobre su culpabilidad en la muerte de Rachel, y actualmente se encuentra en el Hospital St. Larsson recuperándose de sus heridas. Ahora volvemos a Doreen Harper. ¿Doreen?"

Apagué el televisor y miré a Zelda. "¿Hay noticias sobre mi futuro?"

"Todavía no han podido llegar a una conclusión sobre tu grado de culpabilidad por la muerte de Rachel, pero quizá quieras buscar un trabajo extra para estar seguro".

"Lo tendré en cuenta".

Una enfermera entró y presentó dos sobres. Uno iba dirigido a Zelda y el otro a mí.

Zelda tomó el suyo y examinó la parte de atrás. Vio que el nombre del remitente, escrito con sangre en el exterior del sobre, era Bethany Dinesen. Intentó no reaccionar y abrió el sobre con cuidado.

Miré el sobre que me habían dado, que también tenía escrito con sangre en el reverso: "El 30 de marzo de 20-, este artículo debe ser entregado a la persona de Johnson Charlie Clayton Vásquez, sin preguntas, y en caso de que fallezca, debe ser destruido sin leer".

No había otra alternativa para saber lo que había dentro que abrir la solapa que mantenía cerrado el paquete de papel. Lo abrí y saqué de su interior un sobre más pequeño. En el exterior, pude ver escrito en tinta turquesa un texto florido; un último poema.

Justicia hecha; lo has visto en persona
Oye bien, una vez que regreses, tú serás el que mande
Haz que esta historia sea contada a todos
Nadie faltará; esa es tu decisión
Solo haz lo que debas
O sal con todos tus amigos
No vuelvas a temer de aquellas esquinas

A pesar de que no aparecía el nombre del remitente, sabía por este mensaje quién había escrito la carta que había dentro.

El sobre de Zelda contenía una carta manchada de lágrimas y sangre. Parte de la escritura también era sangre. Cuando abrí el sobre, encontré un grueso montón de papeles doblados. Los desdoblé para leer su contenido.

Zelda leyó primero su carta en voz alta, seguida de la mía.

CAPÍTULO XXVIII

LA ÚLTIMA VOLUNTAD Y EL TESTAMENTO

Cuando este documento llegue a los ojos de los mortales, la mano que escribió estas letras habrá acabado con su sufrimiento. El sufrimiento de una noche nunca encontrará cura, ni en la vida ni en el más allá. Incluso el interminable purgatorio en el infierno no reflejarán el daño y el sufrimiento, en comparación con los días y las noches que han transcurrido desde el 29 de marzo de 20.

Martha Ida Laverne Faulkner-Vásquez era mi hermana mayor por dos años. Era una mujer ambiciosa y diligente, y siempre estaba ahí para ayudarme cuando tenía dificultades. Era muy popular entre los estudiantes de medicina forense y química a quienes daba clases en la Universidad de Deviltry, y Shannon Edith Amanda Thomson era una de ellas.

Nunca se me pasó por la cabeza que Martha se convertiría en una asesina en serie. Tuve que aceptar el castigo por un crimen que no había cometido. Fue un crimen que nunca debió ocurrir; un crimen que me tiene arruinada de por vida. Incluso después de mi muerte, seguiré cargando con este acto desmedido; ni el mismísimo Diablo podría superar estas torturas. Uno podría creer que esto es una exageración, pero esas palabras son una realidad como el número de Graham es un googolplex.

Fue el 29 de marzo de 20-. Mi hermana, sus hijos y su marido volvían a casa de unas vacaciones en Denver, donde mi ex marido, Chester Gordon Dinesen, vivía con nuestros dos hijos, Jeffrey y Raymond.

En la noche de dicha fecha, 187 hombres, mujeres y niños subieron a un avión Boeing 767 en el Aeropuerto Internacional de Denver con destino a Cincinnati, Ohio, en el vuelo 934 de las Aerolíneas Firebird. La familia Vásquez estaba sentada en la fila 5, a pocos pasos de la cabina. El vuelo estaba supervisado por 11 auxiliares de vuelo a cargo del grupo Firebird, y en la cabina estaban la capitana de 41 años, Natasha Lindsay Reynolds, y el primer oficial de 38 años, Jeremy Walter Bentsen.

El avión despegó de Denver a las 20:08 horas, en dirección este hacia Cincinnati. El vuelo debía aterrizar después de la 1:08 AM hora del este; como la hora original de llegada era las 11:40 PM, muchos pasajeros durmieron durante el ascenso desde Denver.

El vuelo nunca llegó a Cincinnati, y varias de las personas que iban a bordo no volverían a ver la luz del día. El vuelo se estrelló en el río Missouri minutos antes de las 11 de la noche, hora central.

Había 200 personas en el avión; cuando salió el sol, 75 habían muerto, incluido Terrence Mitchell Vásquez, mi sobrino más joven. La propia Martha perdió la rótula izquierda en el accidente.

La Junta Nacional de Seguridad de Transporte investigó y descubrió que el accidente fue causado por un solo remache dañado en el estabilizador vertical.

Cuando el remache falló, la aleta se abrió, haciendo que el avión cayera en picado hacia la ciudad. El avión se estrelló contra la orilla de un río cuando los pilotos intentaron aterrizar en un pequeño aeropuerto regional.

Aunque los pilotos tomaron la decisión de aterrizar en una pista que no estaba diseñada para un avión comercial (especialmente uno que tenía problemas de control de vuelo), el registrador de datos de vuelo y las pruebas posteriores del simulador de vuelo demostraron que no tenían ninguna esperanza de llegar al aeropuerto internacional de la Ciudad de Kansas de forma segura.

La aerolínea fue demandada por negligencia, pero gracias a la regla de exclusión, fue absuelta de todos los cargos; en cambio, la responsabilidad del accidente recayó en el mecánico principal de la aerolínea, William

Henry Eric York. Más tarde fue despedido, y un intento de apelación no tuvo éxito, por lo que quedó desempleado.

Aunque casi todos los implicados no lo sabían, éste no era el final. De hecho, sólo era el principio.

Pasaron años hasta que aparecieron las primeras pistas. Los juicios en el estado estaban llegando a veredictos polémicos, y la regla de exclusión fue criticada por muchos observadores desconfiados. Mi sobrino, Johnson Charlie Clayton Vásquez, consideró que alguien estaba tramando un complot.

Dicha creencia se confirmó cuando salieron a la luz una serie de asesinatos. Mi hija, Rachel Jane Dinesen, los investigó en nombre de la policía; Johnson también investigó los crímenes con la esperanza de vengar el feroz asesinato de su padre, Daniel Jack Vásquez.

Johnson pudo resolver este caso antes que Rachel; los asesinatos estaban relacionados con los veredictos manipulados, y ambos eran un acto de venganza por el veredicto emitido en el juicio por la demanda de las Aerolíneas Firebird.

Pero el destino todavía tenía que hacer su propio giro. La asesina era mi hermana, Martha Ida Laverne Vásquez.

Gracias a la señal de auxilio que hizo Johnson a bordo después de que el avión se estrellara, una compañera de la academia de policía, Zelda Alice Margaret Thomson, se trasladó a la ciudad de Kansas para investigar el accidente. En el transcurso de la investigación, descubrió que las Aerolíneas Firebird estaban gastando recursos en la formación de los pilotos para favorecer el mantenimiento de las aeronaves; su lógica era que formar a los pilotos para que pilotaran aviones en mal estado compensaría la necesidad de un mantenimiento adecuado.

Pero estas pruebas se encontraron sin una orden judicial como parte de una investigación penal sobre las Aerolíneas Firebird. Y como tal, la regla de exclusión proporcionó a la aerolínea Firebird la libertad de acción necesaria para ser absuelta de todos los cargos.

Este hecho fue el motivo que llevó a Martha a querer matar a su hijo en el séptimo aniversario de la muerte de su hermano.

En las escasas horas de la pasada noche, siete años después del accidente del vuelo 934 de las Aerolíneas Firebird, Johnson fue secuestrado por Martha para completar su venganza. Se inició un incendio a bordo de un tren subterráneo y ambos se enfrentaron a muerte.

Lo que comenzó como una respuesta a un incendio en el metro acabaría con la vida de mi hija. Johnson salió del túnel ante mí, varios de mis agentes, los bomberos y los amigos de Johnson. Tenía una gran cantidad de hollín, quemaduras, golpes y cortes, pero todo eso no tenía importancia en comparación con lo que presentaba ante sus compañeros.

Como si fuera Perseo, Johnson presentó a Rachel la cabeza cortada de mi hermana. La mera imagen fue suficiente para provocarle la muerte.

Y después de que ella se desplomara en el túnel, Johnson se dio la vuelta para mostrarnos a todos la identidad del asesino. No parece importante oírlo, pero fue una experiencia inolvidable el verlo.

Fue fastidioso relatar estos hechos, pero les aseguro que no existe una forma más sencilla de explicar las circunstancias de mi sufrimiento.

Johnson ha manchado su conciencia con una irremediable carga por la muerte de dos de sus parientes de sangre. Nunca podré saber si es, de hecho, responsable de la muerte de su padre, del juez y de los dos abogados; pero como el fallo judicial que había hecho metástasis en un meticuloso asesinato en serie se produjo porque fue él quien hizo la llamada de auxilio posterior al accidente del vuelo 934 de las Aerolíneas Firebird, tengo razones para creer que puede ser así.

Y me dejó ardiendo por todos los posibles caminos a seguir en respuesta a la muerte de mi hija.

La venganza ha sido el impulso humano más básico desde hace mucho tiempo. Uno ansía descargar sobre otro el mal que éste ha cometido contra él o contra alguien cercano. Es un impulso involuntario el de vengarse, y Martha había hecho precisamente eso cuando las Aerolíneas Firebird fueron absueltas. Eso me ha llevado a la conclusión de que la venganza provocará resultados desagradables.

Cuando alguien provoca la muerte de un compañero de trabajo, su jefe debe despedirlo y hacer que lo arresten. Pero en el caso de William Henry Eric York, se había establecido que era el origen de la ola de asesinatos de Martha; fue despedido de su trabajo como mecánico de aviones tras ser culpado del accidente del vuelo 934, y también había cometido un asesinato a causa de la sentencia judicial; en consecuencia, sería inaceptable que despidiera a Johnson, ya que sería propenso a matar a su futura esposa.

En teoría, el suicidio podría poner fin a todo el sufrimiento. Lejos de ser correcto, lo que se demuestra es lo contrario. William intentó suicidarse en un momento dado, pero sigue vivo y ha sido convencido para que no intente suicidarse. E incluso después de que mi vida mortal haya terminado, no puedo garantizar que mi espíritu no conserve los recuerdos que tenía antes de la muerte, o incluso que nazca a una nueva vida.

Entonces, ¿cómo me libraré de esta tortura?

No puedo quedarme aquí, sabiendo que me han hecho sufrir de esa manera y me han dado por muerta. Por lo tanto, debo renunciar al cargo de Jefe de Policía y pedir asilo en Francia. Allí podré permanecer aislada de la ineludible verdad de que todos albergan una oscura y siniestra ansia de tortura. Sabiendo que nunca podré regresar a los Estados Unidos después de mi partida, yo, Bethany Teresa Dinesen, estando tan sana de mente y cuerpo como espero estarlo en lo que me queda de vida, hago de este escrito mi última voluntad y testamento.

Cuando me despida, ya sea de los Estados Unidos por medios físicos o del mundo por medios espirituales, lego todas mis posesiones mundanas como se indica a continuación:

A la detective principal del Departamento de Policía de Cincinnati, Zelda Alice Margaret Thomson, a quien dejo para que me suceda como Jefa de Policía.

A mi ex-marido, Chester Gordon Dinesen, le dejo los fondos y cuentas que actualmente están a mi nombre.

A mis dos hijos, Jeffrey Peter Dinesen y Raymond Albert Dinesen, les dejo mi antiguo patrimonio en Cincinnati.

Y, por último, a mi sobrino, Johnson Charlie Clayton Vásquez, le dejo sólo una palabra de advertencia: El destino terminará a su debido tiempo la tarea que su madre no ha llevado a cabo.

CAPÍTULO XXIX

LA HISTORIA DEL ASESINO

Mi Descarriado Hijo:

Si estás leyendo este mensaje, significa que has logrado cumplir el sueño de tu vida. Comprendo lo unido que estabas a tu padre y, desde hace poco, tu rivalidad con Raquel.

No puedo predecir lo que pensarás de mí cuando tengas este texto abierto, ya sea como una loca, una psicópata o incluso un demonio de corazón frío.

Lo que quiero que entiendas es que, aunque tenía la intención de llevar a cabo una elaborada operación de venganza contra aquellos que son culpables de haber permitido que la muerte de tu hermano menor quedara sin castigo, yo quería que el único miembro superviviente de la nueva generación Vásquez tuviera una vida feliz. (Ya que estás leyendo esto, significa que no tienes necesidad de morir a esta edad).

Como no he expuesto a fondo mis preparativos para cometer estos crímenes, decidí revelar todo lo que hasta ahora me he atrevido a escribir en relación con los pensamientos y los acontecimientos que han pesado sobre mí.

Durante los últimos siete años, he estado sometido a una locura aplastante a raíz del accidente del vuelo 934 de las Aerolíneas Firebird, donde se produjo la pérdida de mi rótula izquierda, así como la vida de tu hermano, Terrence Mitchell Vásquez.

Además, el veredicto de "no culpable" en el juicio de la demanda hizo imposible cualquier esperanza para la recuperación mental, sobre todo porque fuiste tú quien facilitó las pruebas que condenaron a William York en el juicio.

Empecé a participar en actividades muy descontroladas, como beber, fumar y apostar. A partir de ahí, me convertí cada vez menos en la mujer que una vez fui. Se me dispararon los gastos y empecé a buscar cualquier dinero que pudiera encontrar. Incluso ahora, me sorprende que haya sido capaz de mantenerlo en secreto.

Fue durante el mes de octubre de 20- cuando escuché la llamada del destino sobre lo que debía hacer.

La fecha era el viernes 22 de agosto de 20-. Llevaba seis meses desde que mi estabilidad mental se había desintegrado. Necesitaba desesperadamente dinero para mantener mis nuevas adicciones al juego, al tabaco y a la bebida. Mi intención era entrar en el Laboratorio de Bromas y la Tienda del Dr. Chuckle y tomar todo el dinero disponible.

Conociendo lo arriesgado que es robarle a tu amigo, tuve que reclutar a un cómplice para conseguir el dinero. Y pasadas las 10 de la noche, se metió en la tienda para robar el dinero mientras yo me escondía en el callejón adyacente a la tienda.

Pero lo que vi después fue realmente impactante. El sicario que contraté salió corriendo de la tienda y se fue por la calle, seguido de lo que yo creía que era un agente secreto.

Diez minutos después llegó la policía. Me di cuenta de que habían sido alertados por la alarma que sonó cuando el agente atravesó la ventana, y me escondí en un contenedor de basura, mirando a través de un agujero oxidado que había en el costado.

Pasaron otros diez minutos y vi cómo el agente secreto apuntaba a mi hombre con una pistola y lo obligaba a ir a la tienda donde esperaba la policía.

El presunto ladrón fue detenido, y el misterioso agente fue interrogado por uno de los oficiales. El hombre se identificó como Brandon Chide, y afirmó que había sido contratado por Alex para vigilar su tienda.

Recordé que el nombre comercial de Alex era "Franklin Chuckle", y me di cuenta de algo.

"El Dr. Chuckle y el Sr. Chide" parecían coincidir con otra pareja bien conocida; esto decía a gritos que una fuerza oscura (más allá de mí) operaba, y tenía que averiguar de qué se trataba.

Durante varias semanas, vigilé la tienda para ver lo que ocurría allí.

Vi que Chide había conectado un escáner de la policía a la tienda y perseguía a los delincuentes todas las noches; delincuentes que yo reconocía como parte de la lista de los más buscados.

Pero cada vez que llegaba el día, no había rastro de Chide por ninguna parte.

Una noche, entré en la tienda mientras Chide estaba persiguiendo a otro hombre para explorar el sótano. Desde que vi por primera vez a Chide, había estado muchas veces en la tienda, pero no en el sótano.

Descubrí pruebas de que alguien había estado trabajando en la estación de bebidas con productos químicos que no eran algo que se viera normalmente. Tomé nota de cuáles eran esos productos químicos, con la esperanza de poder aprovecharlos para mi propio beneficio.

Cuando Chide volvió al sótano, me escondí detrás de la estación de bebidas. Eran las 6 de la mañana, y pude observar un fenómeno que confirmó mis sospechas sobre el "Dr. Chuckle" y el "Sr. Chide".

Me di cuenta de que mi joven estudiante, Shannon Thomson, era la única persona con la experiencia necesaria para crear estas pociones. Empecé a enviarle los productos químicos necesarios para los elixires, que pensaba utilizar para mi propio beneficio.

La hice llevar el producto terminado a un callejón detrás de la Academia de Derecho Wainwright, donde podía obtener la mercancía de forma clandestina. Shannon no tendría el valor de contárselo a la policía.

Cuando probé las pociones conmigo misma, descubrí que era un ser completamente nuevo; un hombre con una sed de venganza. Impondría una horripilante venganza a aquellos que destrozaron la delicada cordura de su forma original.

La elección de mi nombre, Zachary Jacques Tolono Venshlin, fue el primero de una serie de indicios de mis intenciones.

Me inscribí en la Academia de Derecho Wainwright como Zachary Venshlin para entender mejor a mi enemigo: la ley. Durante mis cuatro años de estudio dedicado, empecé a formular y crear los elementos necesarios para mi ataque. Escribí poemas para burlarme de ti, así como para proporcionar pistas que anticiparan cada uno de los asesinatos.

Este documento fue escrito durante el tiempo que estuviste en el hospital después de que William intentara suicidarse fuera del apartamento de Rachel, y completado justo después de que te hubiera sedado.

Me avergonzaba que mi hermana, Bethany, tuviera una hija tan malcriada como Rachel. Conocía sus secretos antes de que tú los descubrieras tras la muerte de tu padre. Había planeado explotar sus defectos de carácter de codicia y orgullo para alejarla de la verdad real a través de las notas que te dejé. Quería que esto fuera resuelto por ti y tus amigos.

Probablemente puedas averiguar cómo pude matar a cada uno de los cuatro hombres implicados, pero podría ser mejor saber cómo fuiste sometido y llevado en el tren.

Como probablemente hayas sospechado, efectivamente te cité a ti y a tus amigos en mi casa con la intención de tomarte como rehén. Simplemente tenía que sedarte el tiempo suficiente para subirte al tren subterráneo.

No quería que tu muerte fuera un envenenamiento por el sedante que pensaba administrarte; ese tipo de muerte sería demasiado benévola. Además, nunca habría podido saber si lograste resolver el misterio.

Lo que hice fue disolver 10 somníferos en un vaso de agua y mojar un juego de cubiertos en la solución. Luego, al poner la mesa, te di los cubiertos drogados mientras ponía los otros con cubiertos limpios. Esta técnica permitiría la sedación sin afectar a las otras cuatro personas que estaban presentes en la mesa o atraer sospechas de cualquiera de ustedes cinco.

A pesar de que eras la causa de todo lo que habías presenciado en los últimos siete años, me parecía injusto matarte antes de que lograras algo significativo en tu vida.

Yo habría aceptado el resultado de nuestro enfrentamiento independientemente de quién escapara vivo.

Si hubiera sido yo, habría completado mi plan de venganza y habría podido exponer la verdad del mundo a todos.

Si hubieras sido tú, habrías hecho lo mismo, pero mi muerte causaría controversia en tu lugar de trabajo y pondría en duda el noble propósito de su existencia.

Claramente, debido al hecho de que estás leyendo esto, la conclusión fue la segunda.

He tratado de convencer al mundo de que los verdaderos malvados son los gobernantes de la sociedad que expresan la codicia y la lujuria egoísta a los insectos que residen en todo el planeta; ellos son la razón por la que la gente buena se hace mala. Pero incluso frente a las evidencias que los incriminan, muy pocas personas están dispuestas a aceptar esta verdad.

William York, yo, y muy posiblemente tú, hemos expresado la victimización del crimen al cometer el mal. Pero nadie se enfrentaría a las Aerolíneas Firebird por ser la causa principal de mi comportamiento, el tuyo o el de William.

La razón de este rechazo ciego es la siguiente:

El mal es como la muerte; la verdad está más allá de lo que el ojo mortal puede ver, y sólo aquellos que han sido consumidos por él pueden saber qué espantosos secretos se esconden bajo su disfraz.

Lo que has leído puede hacerte comprender muy bien el tipo de tortura que sufre el mundo. Puedes encontrar una forma de corregir este problema o encontrar una forma de escapar de él.

Quiero que le cuentes al mundo lo que has vivido con respecto a mi locura, para que jamás vuelva a producirse dicha situación. Y lo que es más importante, quiero que el mundo acepte el hecho de que el crimen no se limita a las decisiones tomadas por el criminal, sino que es un efecto secundario de lo que ocurre a la vista de los ojos ciegos del mundo.

Haz lo correcto, Johnson. Puede que esté muerto, pero todavía puedo conseguir mis fines. Sólo tú puedes exponer las fallas de carácter del mundo ignorante.

Desde el más allá,

Profesora Martha Ida Laverne Vásquez née Faulkner

CAPÍTULO XXX

EL FINAL DEL JUEGO

Estuve una semana en el hospital recuperándome de mis heridas. Dos personas pasaron a visitarme durante mi estancia. Me costó un poco, pero pude reconocer a la pareja como Natasha Reynolds y Jeremy Bentsen, los pilotos del vuelo 934 de las Aerolíneas Firebird.

"¿Puedes creer lo que pasó el domingo por la noche?"

"No sé qué es más loco; el accidente de avión que sufrimos o los asesinatos en serie que ocurrieron en el último año".

Natasha acercó un asiento para ella y Jeremy. "¿Qué hacen ustedes dos aquí?"

"Vimos las noticias sobre el incendio del lunes en el metro y pensamos en venir".

"Sí. No puedo creer que alguien cometa estos actos por un accidente de avión".

"¿Has oído hablar de la colisión en pleno vuelo de Überlingen en 2002?" "Sí. Por supuesto, sólo se cometió un asesinato como resultado de eso, no cinco".

"Todavía está vivo, y los médicos dicen que se recuperará". "Me refiero a que William York mató a su padre".

"Ah, ya veo."

"Es lo que siempre decía a mis amigos: el dinero puede acabar con las vidas, el dinero puede alterar la verdad, y el dinero puede darle a la gente una falsa sensación de satisfacción". "Por eso ambos dejamos de trabajar para Aerolíneas Firebird después del accidente del vuelo 934".

"Por cierto, gracias por sacarnos de allí". "De nada. Entonces, ¿a qué se dedican ahora?"

"Ahora volamos para otra aerolínea, que sabemos que se preocupa mucho más por la seguridad que por los beneficios".

"¿Qué aerolínea es esa?"

"Volamos para World Travelling Flyers".

"Son los que operan vuelos que dan la vuelta al mundo, ¿no?"

"Con escalas en el camino, sí." "¿Cómo te va?"

"Todo va bien. Puedo decir que son una aerolínea modelo". "Me alegro de que les guste a los dos".

"Entonces, ¿cómo has estado llevando las cosas?"

"Bueno, ciertamente puedo decir que estoy agradecido de estar aquí para hablar con alguien; aunque es una sorpresa que ese alguien sean los pilotos del vuelo que empezó toda esta farsa".

"Sí, no todos los días ocurre eso". "En efecto, no ocurre todos los días".

"¿Has oído algo sobre William York? Tengo entendido que los dos trabajaron juntos en algún momento".

"Es cierto. La última vez que lo vi fue justo antes de subir a la ambulancia para que me llevaran al hospital".

"¿Qué pasó entonces?"

"Le había dicho que había enviado un mensaje de socorro al control de tráfico aéreo después del accidente, que acabó cediendo la responsabilidad a William en lugar de a las aerolíneas Firebird".

"Probablemente no se lo tomó muy bien, ¿verdad?"

"Estaba desolado porque el hombre que lo ayudó a liberarse de la responsabilidad de los asesinatos fue el que le causó todos los problemas al principio".

"Es como la lógica de Firebird de entrenar a pilotos para volar aviones con serios problemas en lugar de dedicarse a conservar su maquinaria".

"Se salieron con la suya durante mucho tiempo, e incluso después del accidente, seguían insistiendo en que no habríamos podido salvar ninguna vida si no nos hubieran entrenado para ese tipo de emergencias".

"Ese informe sobre el mantenimiento de Firebird los dejó prácticamente descartados del alcance de la ley".

"He oído que el director general de Firebird, Nicholas Althorn, está siendo interrogado sobre los asesinatos ocurridos".

"Es cierto. Jeremy y yo estábamos entre las personas que estaban en los interrogatorios". "Me pregunto cómo reaccionó a que los pilotos del peor accidente de la aerolínea estando allí para ver cómo lo interrogan". "Se asustó, eso es seguro". "Seguramente lo estaba. "

"Sí. Nos dio un mensaje cuando nos reunimos con él: *Han pasado siete años desde que 75 personas murieron en el accidente del vuelo 934, y apenas me doy cuenta de la magnitud de la tragedia. No podría haber predicho los asesinatos posteriores cometidos como consecuencia de la evasión de la justicia, pero ahora sé, por el testimonio de un superviviente del accidente, que en la búsqueda de dicha evasión estuvieron a punto de perder la vida por salvar las vidas de Natasha Reynolds y Jeremy Bentsen.*

Pido disculpas al Sr. Johnson Vásquez por la pérdida de su hermano, Terrence Vásquez, y por el descaro y la ira de su madre. También quiero que William York sepa que deseamos hacer todo lo necesario para ayudarlo a recuperarse de la injusticia invocada sobre él por esta empresa. Soy consciente de que el daño causado es probablemente irrecuperable, ya que se han cometido cinco actos de asesinato, así como dos intentos de asesinato y otra muerte.

Que esto sirva de lección a todas las empresas del mundo: no hay nada bueno en salirse con la suya cuando se ha cometido un mal contra muchos inocentes. La mala suerte que trae un espejo roto sólo dura siete años, y al final de esos siete años, surgirán las consecuencias más completas.

Sinceramente,

Nicholas Ronald Althorn, ex Supervisor Ejecutivo de las Aerolíneas Firebird, Inc."

"Espero que el mensaje sea escuchado". "Yo también".

"Bueno, probablemente deberíamos marcharnos; tenemos que estar en Boston para mañana por la mañana. Aquí están nuestros números".

"De acuerdo, gracias". Les di a los pilotos mi número también. "Nos vemos cuando volvamos".

"Adiós, Jeremy. Adiós, Natasha". "Adiós, Johnson."

Y con eso, salieron por la puerta y se fueron.

Mi historia ha llegado a su fin, y a petición final de la difunta Martha

Vásquez, he publicado el relato de mis cuatro amigos y mío sobre la investigación de los asesinatos de seis personas cuyo destino quedó marcado siete años atrás.

Todavía recuerdo con claridad ese día, siete años después.

Alex seguía trabajando en el Laboratorio y Tienda de Bromas del Dr. Chuckle, y continuaba con sus aventuras como Brandon Chide. Hasta ahora, su secreto no se había contado más allá de nosotros cinco.

Richard llegó a ser jugador de las Grandes Ligas de Béisbol, y Shannon fue ingresada en un hospital psiquiátrico. Fue dada de alta tras dos años de tratamiento, y ambos se casaron después.

A Zelda todavía la atormenta verme con la cabeza cortada de mi madre. A pesar de ello, ella y yo nos casamos ocho semanas después de la muerte de mamá. Ahora vivimos en paz con dos hijos y un tercero en camino.

Las Aerolíneas Firebird quebraron después de que aceptaran finalmente la plena responsabilidad por el accidente del vuelo 934; el hecho de que seis personas murieran como consecuencia de su absolución hizo que Nicholas Althorn emprendiera un larguísimo viaje de culpabilidad.

Lo último que se supo de la aerolínea fue el pago de todos sus bienes entre las familias de cada una de las 200 personas que iban a bordo del vuelo 934 y a William York.

William pudo volver a la sociedad laboral tras recibir la indemnización de las Aerolíneas Firebird. Decidió no volver a ser mecánico de aviones, sino trabajar como obrero de la construcción en la edificación de casas.

En cuanto a mí, aprendí una lección muy importante. Siempre hay consecuencias para todo en la vida, y no importa lo lejos que creas estar de ellas, volverán y te tomarán por sorpresa.

Tras mi recuperación, renuncié a mi trabajo en la policía. El atentado contra mi vida por parte de mamá fue suficiente motivo para que me fuera, y aunque Zelda era la jefa de policía, yo tenía mis dudas de que no me despidieran. Pero seguía pensando que estar en el cuerpo de policía era el mayor error de mi vida.

Desde entonces, no he podido decidir si lo que hice en el vuelo 934 de las Aerolíneas Firebird había salvado vidas o sentenciado el destino de estas. O si hice ambas cosas, ¿hice más de una que de otra? Lo único que sé es que me abrió los ojos al mundo real.

Me sentí un poco dolido conmigo mismo al ver que me había comportado como un esclavo sin sentido de una organización que castiga a las personas que son víctimas de su propia vida en lugar de tomar su propia decisión. Mamá y William me habían abierto los ojos al hecho de que etiquetar a las personas como delincuentes era simplemente una excusa poco convincente para que la policía ejerciera un control despótico sobre otras personas.

En consecuencia, estaba claro que mi mensaje tenía que llegar al mundo. Sé que habrá muchos que no se centrarán en el verdadero mensaje y que, en cambio, pensarán en formas de reprimir a quienes tienen la desgracia de ser mal vistos por la sociedad.

Pero mientras la policía reprima a la sociedad por sus imperfecciones, siempre habrá alguien que conozca sus sucios secretos.

Supongo que mamá se alegró en cierto modo, ya que las Aerolíneas Firebird han pasado a los libros de historia. Aunque ella pagó un precio muy alto por hacerlo realidad, miles de personas se alegran ahora de que por fin se haya resuelto adecuadamente el problema de dicha aerolínea.

Coloqué su cabeza en la pared de mi habitación como recordatorio de las dolorosas lecciones que surgieron de la matanza, y todavía sigue allí.

www.ingramcontent.com/pod-product-compliance
Lightning Source LLC
LaVergne TN
LVHW051216070526
838200LV00063B/4926
* 9 7 8 1 6 3 8 1 2 6 1 6 4 *